阳光轻吟

YANG GUANG QING YIN

杨德振 著

光明日报出版社

图书在版编目（CIP）数据

阳光轻吟 / 杨德振著. --北京：光明日报出版社，2017.10

ISBN 978-7-5194-3565-3

Ⅰ. ①阳… Ⅱ. ①杨… Ⅲ. ①散文集—中国—当代 Ⅳ. ①I267

中国版本图书馆CIP数据核字（2017）第269570号

阳光轻吟

YANGGUANG QINGYIN

著　　者：杨德振

责任编辑：王　娟　　　　　　　责任校对：傅泉泽
封面设计：李尘工作室　　　　　责任印制：曹　净

出版发行：光明日报出版社
地　　址：北京市西城区永安路106号，100050
电　　话：010-67078245（咨询），67078870（发行），67019571（邮购）
传　　真：010-67078227，67078255
网　　址：http://book.gmw.cn
E - mail：wj_gm2013@163.com
法律顾问：北京德恒律师事务所龚柳方律师

印　　刷：北京荣泰印刷有限公司
装　　订：北京荣泰印刷有限公司
本书如有破损、缺页、装订错误，请与本社联系调换

开　　本：787 × 1092　　1/16
字　　数：180千字　　　　　　印　　张：14
版　　次：2017年11月第1版　　印　　次：2017年11月第1次印刷
书　　号：ISBN 978-7-5194-3565-3

定　　价：38.00元

目　录

contents

自序

阳光的声音

光阴荏苒，日月如梭；寒暑易节，人生半百。质朴、厚重的生命里有苦、甜、酸、辣、顺逆、喜悲、愁乐、痛快……一连串彼此对立的感知和滋味；一方面，目睹了太多的人间生死离别，见惯了太多的社会世态炎凉与世景繁华，见证了太多的生命苟且与灵魂的迷离、精神的叛逆，见识了太多的生命阴谋和爱情的背叛、权利的倾轧、金钱的戕杀，领受了太多的亲情与友情的失陷、生活的挤兑、生存空间的逼仄等等所带来的无奈和痛楚……这不能不说是时下经济快速发展下的一种人性悲哀、人伦文明的逆袭。另一方面，也窥见到了太多的人间正气和英雄情怀、智者智慧，欣赏到了生命中平凡的美和伟大的爱，领略到了生命中天人合一、知行合一、言行合一的真正君子美德和操守，捕捉到了普通人的温暖善良和人性光辉，感受到了一些卑微的生命中散发出的强大气场和正能量……这不能不说又是一种几千年中国文明的传承与延续、精神的涅槃与重生、灵魂的拔节与升华的具体体现和庄严呈现。故而忧喜交集，欣悲俱在，咏叹皆有。基于此，我把自己的所见、所闻、所思、所想、所忧、所虑、所愁、所弹，逐一记录下来，形成了对生命、生存、生活“三生”的叩问盘问和独特思悟，以飨读者。

时下，所谓“心灵鸡汤”之类的文品较滥，我不想落入窠臼，以这种形式来对读者进行说教和劝谏一番，我只是结合自己所见所闻的事实来进行评判点醒，有点低吟浅唱、且走且吟的味道，不会给读者造成太多太大的阅读重复和视野疲劳。能够让诸位读者产生对生命敬重、敬畏继而倍加珍惜爱护，对生存的世界有改善有帮助，对生活充满信心与激情，百折不挠、参透悟熟地走完圆满的人生之旅，我的意图和初衷就实现了。尤其是在商品浸淫的今天，面对所谓美国大片、日本漫画、韩流影视剧之类的文化裹挟，我们有理由拿出我们的精神“令旗”，引导人们去捍卫、守护、建设我们中华民族的“精神家园”和“文化堤坝”。

给人阳光，自己心里须先装下太阳；给人雨露，自己胸中须先有漫天云霞。这几年，我一直以阳光的心态做人做事，以阳光普世的价值进行善行义举，以阳光的笔名著书立说，以阳光的精神诲人积极向上、爱国爱家、强身健体、兴业成才，故在出版此书时，取书名为《阳光轻吟》。我认为，无论生命，还在生存、生活，不要太负重，轻轻地来，轻轻地走，轻装上阵，轻吟低唱，自得其乐，才是比较好的人生境况。不奢望轰轰烈烈，不要大起大落，更不要出现半途而废、盛极而衰、英年早逝……人生悲剧。这是我的期望，我的心声，亦是人生态度，愿与诸位读者分享共勉！

是为序。

杨德振

二〇一七年八月二日

吟一：

阳光对生命的盘问

每一个人的生命都是一个不可复制、不可重来、珍贵唯一的生物样本。

只有一次机会，既不能轻视漠视，更不可懈怠和自弃。让生命之花绽放得更热烈一些、更长久一些，这应是全人类的共同追求目标和最高愿望。只有这样，才不枉负生命的厚重与庄严、妖娆与芬香。珍惜、呵护自己宝贵的生命吧！这是一种置顶的成功，更是一次在天与地中留痕的圆满修行。

——本篇题记

一个人的人形是父母给的，也是老天爷和大自然给的。一个人的人样却是自己给自己的，不关乎别人和老天爷的事；一个人的人性却复杂得多，既有来自父母的遗传基因，又有来自老天爷和大自然的磨砺与驯化、恩赐与调教的结果。还有最重要的一点来自于个人后天的价值观判定、抉择和践行。三者搞清楚了，就可以活出人的境界来，活出人的神仙样。

上午去医院看一个同事，正处于生死弥留之际，让人不胜唏嘘。才54岁，被病魔折磨得已不成人形。他虽然年龄比我大，但来酒店还是我“招聘”面试的。人很仗义，性格耿直豪爽，但喜好烟酒，昼伏夜行，颠三倒四，最后埋下祸根。强健的身体本是人生最大的优势，但优势变为劣势，只需要“瞎折腾”三个字深度靠近便容易情势倒转，悲矣！

一个人的寿命不由自己做主，由老天（环境）、水质、空气、生活方式、习性行为说了算。但是人在过程中可以起到一些延缓和阻滞作用，那就是坚持正确的养生理念、固化好的生活方式和行为，杜绝违反人性规律和生物本能的行为滋生，坚决消除陋习。

在医院，看见那个同事，瘦骨嶙峋，面容改变，让人不忍睹视。曾经的虎背熊腰、身似铁塔、彪悍魁伟，现在奄奄一息，生命垂危，使我陡然流泪。一个人逝去，减少病痛折磨，没有什么，为难的他留下的两个孩子（其中一个还有些痴呆）和无业的妻子，如何面对将来不可预知的艰难生活？！这是很残忍的事情。

今天中午1点半，上午去医院看望的那个同事平静地走了，生命之殁，生者之痛；逝者不知，活者之殇！但愿那个同事在天堂中没有苦痛、没有钩心斗角、没有任性和放纵。

没有为后人着想的任性是不负责的任性，不为后人着想的嗜好是自私的嗜好。放纵与任性、随意与嗜好，从来都是一对“孪生姐妹”，是真正戕害生命的“元凶”。而节制、内敛是它们的“天敌”，而人们却很少重视它，更谈不上和“节制、内敛”交上朋友。

今年以来，先后有好几位朋友和亲人被癌症夺走了生命。人类可以登上月球，难道不能缚住小小的病菌“魔头”？！现在病痛似有越来越猖狂的势头，给人类制造了大量的家庭悲剧，成为人类悲伤与痛苦的最大祸源。

自食其果　　　　赵晓苏 漫画

有人一味放纵自己，虽然活出了生命的精度，但活不出生命的长度，令人叹息！有人贪婪心永不满足，虽然享受了物质的厚度，但活不出生命的亮度，令人鄙视！有人得到了大权高位，虽然达到了事业的高度，但缺乏人性博爱的温度，照样被人看不起！

每一个生命在最鼎盛时期夭折，都是一件令人痛惜的事情。昨夜我们的一个同事一觉过去，再也没有醒来，年仅50岁。后经法医查明，是突发心肌梗塞所致。来不及跟妻儿老小说一句别离的话，来不及跟同事打声招呼，就彻底地与这个世界断了音讯和联系，是生者永远的隐痛和恸动。

生命易逝，福寿难留。每一个人应好好珍惜生命，善待人生，韬光养晦，尽可能最大限度地拓宽生命的维度，拉开生命的长度。

每一个人的人生只有一次机会。尽可能朝人生正价值的方向前行，不要走向负值或自己的反面。

年轻的时候，坚持运动的时间长一点、多一点，换来的是，年老躺在病床上的时间就短一点、少一些。生命中彼消此长和得失福祸的事情经常见到，就看你如何权衡与取舍了。

有的人行走如常、生活如常，但精神却早已倒下了。不是倒在生理机能出的毛病上，而是倒在物质永不满足的贪婪苛求中，一蹶不起，一副典型的“行尸走肉”模样。

捂暖人心是人生必不可少且是一生都值得做的一件事情。人心靠捂，捂得越久，热得弥固弥烫，直至闪光发亮。最终，也将照亮你生命的全程和那些黑暗的日子。

要想灵魂伸展自如，精神潇洒飘逸，就不要被世风裹挟、被铜臭侵染、被人言围堵、被浊气熏倒。

平衡、守衡、制衡、失衡，伴随着人的生命全程。平衡内心、平衡外围世界是一种修养、气质与成就；守衡就是遵循某些规律，守住平衡之道，不要破坏平衡和谐；制衡是平衡的一部分，是为了达到平衡而做出的带有强制性的战略调整与策略更新；失衡就是对一切平衡努力的失败的描述。人生失衡，无论精神上还是心理上，都是人的“负熵”走向寂灭的开始，是一种负面能量。

孔子曰“六十耳顺”，说的是人到了六十岁，听到什么都顺当、顺趟，不会起反感反意了。其实，光有耳顺还不行，还得有眼顺、心顺才好；也不要等到六十岁才顺，五十岁、四十岁都可以“顺”。通过主观世界的自我调节，始终以平和从容的心态客观公正地对待世间的人和事，并能从心态上化逆为顺、化被动为主动，这才是生命个体所应追求的最高境界。

要想取得胜利或成功，就要有鹰般的探索、蛇般的专注、蚁般的辛劳、蛹般的耐心、狗般的敏锐、豹般的迅捷、虎般的勇猛、狼般的团结、鳄般的执着。

风清则气正，气正则心齐，心齐则事成。要防止事成则心躁，心躁则气浮，气浮则风浊……要做到，必须绵绵用力，久久为功，积微成著。

最近看美国埃默里大学教授马克·鲍尔莱所著《最愚蠢的一代》一书，他所说的最愚蠢的一代就是指“埋头手机族”和热衷于“把时间都花在社交网络上”的年轻人。纵观时下中国，手机已成为许多人的“外挂器官”，须臾离开不得。有了这个“外挂器官”，我们很多人正常的内在器官功能严重下降：视力模糊了，耳朵失灵了，颈椎病多起来了，心灵贫血的人多起来了，神经质的人多起来了……很多人连基本的判断力和方向感都失去了。非常可怕！非常可惜！非常堪忧！

互联网带来了信息革命，也“革”了许多人的“命”。这种渐进的、隐性的“革命”，满足了许多人视觉盛筵的狂欢，时间的消磨，精神的填充，心灵的麻醉。到头来，残害的不只是一代人的性命。科技变革有时就是一把“双刃剑”。

目前，广州市政府对见义勇为牺牲人员的奖励标准由30万元提升到100万元，引起社会广泛热议。这是给善心人士和勇敢者一个制度保障的信号，绝不能让英雄们“流血又流泪”的事情再发生。有政府的制度保障兜底，相信坚守道义、播撒爱心、见义勇为的人会越来越多。

国家有定力，不会惹来战火纷争，那是人民之福。个人有定力，不会被乱花迷眼、被世事迷惑、被人情迷眩、被对手迷害，那是避祸的开端。

一个人物质心太重，精神不可能走得很远。在够吃够喝、经济自给自足的情况下，可以无限地、自由地舒展精神和放飞自己灵魂的人，一定比别人更有幸福感，更加洞悉生命来到这个世界的目的与真谛。

先哲说：“沉思美好的理念世界，乃是人生的终极目标。”学会沉思，就是要静下心来，理理思绪，问问本源，挤出“潮湿的”灵魂中的水分，剔除“混浊的”精神中的杂质。让一切美好归于清冽和纯正、简单与和谐。

面对物质潮流的冲击、浮躁风气的侵袭、功利心态的膨胀，土豪挥霍做派的观照，一个人如何守住自己坚实的内心和价值底线，是一个很大的考验和抉择。

在一个人身上，我们如果看到了人性的温暖、奋斗的执着、美德的力量，那这个人就是我们精神坐标中的原点，他（她）们可以引领我们走得更远、走得更稳、走得更有力。

美国作家莱斯在《多了》书中写了这样一个故事：一只喜鹊因意外惊喜开始源源不断地囤积物品，越堆越多直到同巢窝和树枝一起坠地……我要说的是，现实中类似喜鹊一样过度追求奢侈的人不少，最后“坠地”甚至搭上了性命，悲乎哀哉！

最大气磅礴的书写，源于精神，最令人振奋的变化，始自人心。这是中国改革开放30年以来最大的收获。

读《史记·淮阴侯列传》，说的是：韩信年轻时很困窘，饿得发昏，一位洗棉纱的老妇人盛了一碗饭给他吃，他感激涕零："涓滴之水当以涌泉相报"。后来，韩信做了大将军，兑现了报恩的诺言。知恩图报，是一种美德，更是一种精神，时下许多人缺乏这种美德和精神，让好人伤心和唏嘘不已。

古人云："知耻近乎勇""知耻而后勇"，充分说明知耻明耻是律已修身的先决条件。可是生活和工作中，许多人是藏耻捂耻进而继续添耻而自觉不耻，最终为党纪国法和人伦世俗所不容，后悔莫及。

读《世说新语》中"汰侈"这篇文章，说的是古代石崇与王恺两人都是富翁，为了比豪气、富气，你用饴糖洗锅，我就用蜡烛烧饭；你用丝绸占地，我就用锦缎铺路。石崇宴客，常叫美女在旁边敬酒劝酒，宾客不饮，说明美女"劝酒功夫"不行，他便要把美女杀掉……任性而无人性，比奢侈到这种程度，真是厚颜无耻、疯狂至极。后来，石崇和王恺二人果然都没有好下场。

一个人在操守上失去底线，在原则上失去界线，在行为上失去防线，在法规上去触动红线，在大是大非立场上忘了路线，这个人注定要“命悬一线”。一个人一生的“线”很多、很长、很乱，但“主线”只有一个：自由的躯体、健康的生活。失去了自由的生活，说明躯体触动了上述“高压线”。

要学会放“自由生活”的“长线”，才能钓到“永葆躯体健康”这条“大鱼”。

古人云：“心不动于微利之诱，目不眩于五色之惑”，在当下，仅有这些还不够，我再补充一下：嘴不贪于五味之乐、鼻不嗅于女色之香、胃不果于六欲之壑，行不耽于迷失之途。只有这样持经达变，才能独善其身，安享清福和晚年。

读书不仅能够益智、养心、弘德、怡神、聚力，而且也是另一种向实践、向社会、向群众、向先贤学习的有效途径。可以解决“我为什么而来？”“要到哪里去？”“终极目标是什么？”等人生重大、重要的命题。

灵魂的堕落比身体的堕落更为可怕，身体堕落只是一时欲望的满足、情感的出轨、行为的放纵；而灵魂的堕落，是精神的溃败、善德的蹂躏、思想的侵蚀，是一种坏到骨子里的病菌，无可救药。

目前，贪官被抓的消息越来越多，这看起来是政治生态出了问题，我认为，实则是文化生态出了问题。信念缺失、精神空虚、道德沦丧，这全是不良的文化生态及其“病因”造成的，不纠正和铲除，病态的文化生态孕育和带来病态的政治生态，也就是“水到渠成、顺理成章”的事了。

一个人是不是君子，有六个特征可以衡量。这“六个特征”是：有仁义、有涵养、有操守、有容量、有坦诚、有担当。少了一个，就是一个缺憾。小人是一个特征也不具备的。

君子与小人之分，不在职位高低、财富多少、成功大小、学识优劣，而在于境界高低、人品好坏、气节强弱、担当多少。

读《孟子》《尚书》，国家层面的核心价值观主要体现在“以人为本、以德为本、以民为本、为合为上”上；

滋味自尝

赵晓苏 漫画

社会层面的核心价值观主要体现在“责任关于自由、义务先于权利、群体高于个人、和谐高于冲突”上；个人层面的核心价值观主要体现在“重义轻利、以理制欲、大公无私（或先公后私）、心胜于物”上。个人层面与社会层面交集共存的核心价值观有“仁、义、礼、智、信”。这是一种最朴素、最有用的基本价值观。

一个人成不了璀璨星空中的闪亮的星辰，但至少也要成为黑暗中划过天幕的闪烁着耀眼光芒的一颗流星。不求永恒，但求有痕。

今天（2015年9月30日）国家出台了一项新政策，允许一对夫妇可以生育两个孩子。举国热议，反应不一。这意味着三十多年来“一对夫妇只准生一个孩子”的政策全面废止。想想当初为了这个政策的实施落实，国家动用了多少资源、多少人力耗费在这一“国策”上。

落实国家计生政策，要说受到伦理伤害最大、最重的阶层或群体，那就是我们20世纪六七十年代出生的人。为了给国家减负，我们只生一个孩子，年老时少了多少天伦之乐和儿女亲情。现在放开了生育政策，又无缘享受政策的恩泽，我们这一代人，真是施义于国、舍利于后人的一代人。

20世纪八九十年代，为了落实国家计生政策，农村中常见乡村干部把大肚子孕妇强行拽上车、送到医院引产的场面，有时候引产下来的孩子已具人形，极不人道又伤天害理，但是没有人敢出来阻止。有时得知谁家有超生的迹象，乡村干部就去他家上房揭瓦拆屋、牵牛赶猪，逼人就范，弄得真是鸡飞狗跳、鸡犬不宁。城市的执行情况没有农村这般“粗野”“狠毒”，但为此受处罚和免职的人也不少。

一个时期来，独生子女的横蛮、任性、不讲道理、自私、自利等负面新闻经常见诸报端，这看起来是独生子女的自身素质出了问题，实际上是计生政策导向上出了问题。一个孩子，肯定会形成“唯我独尊”的思维定式；如果家里有两个孩子，彼此定会相互迁就照应、相互制约顺从，互为标杆和参照物。譬如，在教育大孩子的时候，小孩子也受到了耳濡目染、受到条件反射，自然不敢再犯哥哥或姐姐一样的错误，反之亦然。一个孩子，没有比较、没有鉴别、没有权衡、没有反照，自私、妄为等性格缺陷也就自然而然地滋生了。从这一点上说，是国家政策先有“硬伤”，家庭教育后有“软举”造成的。

20世纪七八十年代延续下来的计生政策，给我们这一代人造成的伦理伤害、精神伤害、身体伤害，不是一两句话可以说完的；国家人口降下来了，经济发展起来了，应该给这部分人多重补偿才是。每个月发放的五元钱的“独生子女补助费”，实在太少，应尽快调整。

我们这一代人为国家“减人”作了贡献，但谁为我们晚年的孤独“埋单”？！一对夫妇，要照顾父母乃至爷爷奶奶八个老人，他们忙得过来吗？只怕心疼他们，反倒要我们来照顾他们及他们的子女哩！这种奉献与牺牲，也算得上是一种国家之福、个人大义吧？！

国家计生政策的调整，与计生相关的各项法规势必也将得到调整或取消，所谓“一票否决”（指一个单位计生出了问题而全面否定其他成绩）将成为历史名词。

没有比人更高的山，没有比脚更长的路；没有比心更宏大的海洋；没有比眼更秀丽的风景；没有比嘴更多的说法；没有比耳朵更细微的共鸣。

古人推崇“民唯邦本，本固邦宁”的治国理政要旨，现今习近平总书记执政后，给老百姓减税减负、减困脱贫、放开二胎生育政策，其实也是一种以民为本、蓄水养鱼的行动。

亚当·斯密在《国富论》中谈到了“通往美德的道路”和“通往财产的道路”两个问题。评价和担忧说“追求财产的人们时常放弃通往美德的道路”。这种情况在时下的中国，也是非常普遍的现象，十分堪忧。有人为追求财产，不惜亵渎、玷污美德；但鲜有为追求美德，舍弃财产的。打通中国人通往财富和美德的道路，需要从现在开始，培育中国人的品质基因，培育中国经济学的道德基因。只有这样，才能“双到”道路的终点。

一个人不做好事、善事，世界似乎并不缺什么；一个人专做坏事、恶事，世界似乎也并不会有什么大的影响与波动。地球照样转动；但是，如果大家都这么认为、这么做，那么，世界只能真的是动物世界了，甚至比动物世界还要“动物世界”。

天有天气，地有地气，人有人气。一个人有许多“气”：力气、朝气、生气、叹气、丧气、泄气、鼓气、怒气、戾气、杀气、喜气、愁气、大气、邪气、底气、骄气、傲气、神气、阳气、元气、勇气、和气、痞气……不管哪种气，都是人身上发出来的，慎用慎发才对。看看老天和大地，也不常有雷电交加，暴风骤雨，地动山摇，地气外冒，火浆喷发。

力气是一个人的安身立命之本；勇气是一个人解决困难与矛盾的基本条件；正气是一个人基本素质和信仰情操的基本底色，这三种“气”都是人体散发出的正能量。而叹气、丧气、泄气、生气、怒气、戾气、杀气、邪气、傲气等则是人体散发出的负能量，伤人又伤己，应尽量扼制这种负能量的生长和散发。

一个人的“精、气、神”藏于肉体之中，看似无形，实则有形。“精”是人生长于天地之间、沐日月之辉、享各种食物之萃所形成的传承生命的关键基因；“气”是人生于自然界吞吐呼吸的一种原始功能，也是人生存下来必不可少的一种功能；“神”是人藏于内心、显现于外的一种伦理态度的反映和写照。一个人的“精、气、神”，决定一个人思想的高度、精神的广度、灵魂的伸展度，还决定生命的长度、物质的维度、幸福的感知温度。

台湾星云大师今年90岁，出版了《贫僧有话要说》。书中讲述了他“安贫、乐贫、扶贫”的经历和故事，令人感动！一个人如果能够做到知贫、怜贫、不笑贫就很不错了，如果能像星云大师那样安贫、乐贫、扶贫，那自然就是人中翘楚了。

人的真气、元气应尽量保持不泄不露才好。古代的皇帝为了保持人的元气不被房屋吸纳，绞尽脑汁，住不太大的房子，无论春夏秋冬，挂衾帐，点蜡烛，目的就是烘托精神，聚凝人气，保持真元之气。人的身体是一个原始的封闭系统，如果人为地开上一刀，那么人的真元之气也就泄露了，百病就容易乘虚而入。时下，许多人喜欢住非常宽大敞亮的房子，四面有窗，到处透风，装修又豪华奢侈，夜不安神，人气散乱，结果，身体健康开始走下坡路……这应该引起人们的注意和防范。

古人把“见到一个德高望重的人”称为“三生有幸”，那时候交通不方便、信息不发达，与名人名士见上一面，实在是荣耀之至，乃至于扯到“三生”上。这个“三生”，我觉得不应该是指“往生、今生、来生”，而应该是指“生命、生存、生活”这“三生”。因为德高望高的人往往才会给出生命的价值与方向、生存的意义与内涵、生活的方法与乐趣，对今生有许多指导作用，故而让人的思想豁然开朗、茅塞顿开、情绪高涨、幸福骤至之感，是谓“有幸”矣！不知我的这个判断和猜测是否吻合和印证古人之所想，有待专家学者探究和释疑。

通过“三生有幸”这个词语的进一步联想，我觉得“三生有悟”更有洞中观火的感觉。如果把“生命、生存、生活”作为一个动物或生物特征呈现出来的话，这“三生”所反映的恰恰是本质、智慧、底色或基调的内容。每一个人都离不开这个底蕴所概括的范畴，“三生”实际上概括了人生从生命来到这个世界的全貌和运行轨迹。在“三生”中，每个人每天都会有体会、感悟、联想，还有经历、故事、挫折、遭遇、喜怒哀乐等，故我把每日所思所想、点滴顿悟随时记录下来，积少成多、并拟取名叫“三生有悟”；日久天长，形成了这本《三生有悟》的散文随笔集。后来正式出版时，为了雅俗共赏，才改名《阳光轻吟》。

今年（2015年）是抗日战争胜利70周年。虽然北京长安街上盛大、隆重的阅兵仪式和军备检阅活动已过去了两个月，但人们似乎并未从历史的耻辱心酸史中和时下长盾利箭的滚滚洪流中缓过神、安静下来。我认为，这一切表明，抗日战争是实现中华民族伟大复兴过程中的一个重大节点，它促成了中华民族历史上的一次大觉醒，推动了现代中国的重大蜕变。这种持续而长久的思虑与痛楚感是应该也是值得每一个血气方刚的中国人保存在生命中的。

今天是2015年11月7日，与纪念抗日战争胜利70周年诸项活动一样引人注目的是，中共中央总书记习近平与台湾地区领导人马英九在新加坡握手会面。这是66年来，国共两党执政高层首次会面。我认为，这也是实现中华民族伟大复兴过程中的一个关键节点，它促成了中华民族历史上的又一次觉醒，拉近了大陆与台湾唇齿相依、血浓于水的亲情关系，是两岸人民的重大福祉，必将推动和平统一、共同繁荣的中华大格局形成。

《平凡的世界》作者路遥生前曾说："写作就是燃烧自己"。我觉得他说对了一半，"燃烧"之后，一地灰烬，要尽快和这个世界糅合粘连或融合活泛起来，形成新的土层或土壤，才能在土层或土壤上长出新的生命、结出新的硕果。因此，可以这么说，写作既是燃烧自己，又是化灰、融和创新培植和再造自己的活动及过程。

前两天与战斗英雄杨志亮一起吃饭。席间，他再次谈到了1988年3月14日中国南沙海域发生的那一场小规模战斗，从侵占我岛礁的别国士兵枪口下抢回我被占的海洋国土，杨志亮光荣负伤，血染南沙，昏死过去一个星期……我时时在想，英雄之所以成为英雄，从来都不在于显赫的身世、高贵的血统、超凡的天赋，而在于他们具有优秀的品质、顽强的毅力、献身祖国的精神和超越庸常的情怀。杨志亮，一个农民家庭成长起来的孩子，成为共和国的英雄，恰恰证明英雄的特质在于后天的形成和努力。

呵护我们心中的英雄梦，就是呵护、感恩我们的英雄们，告慰那些曾经做出牺牲和付出的英灵；就是呵护我们民族薪火相传、赖以不灭的文化根基。

一个英雄，就是我们的一面旗帜，值得中华儿女高高举起托住；一个英雄，就是我们的一个精神高地，值得我们一辈子去攀登、去坚守。

“3.14”南沙海战过去快三十年了，每到每年的三月十四日，我都会给当时的亲历者、战斗英雄杨志亮发一个慰问短信。自从有手机，二十几年从未间断。我做不到时时记住英雄，但年年记住共和国的英雄是可以做到的。

我常想，不懂历史的民族没有根，淡忘英雄的民族没有魂。英雄是一个民族的精神脊梁，一个社会的价值标杆。在我的生活圈里，杨志亮就是我的旗帜和价值标杆。

一个社会，不能只有醒目的红线、触目的底线，而没有仰望的“天线”——来自于精神、品质、道德、情操、慈善等方面的无形“主线”（主义的“无线”）崇拜和追求，那整个社会就会失去正能量的风向标。

标注一个人的品质和价值高度的，不是物质财富的丰裕，也不是官位权势的显赫，更不是自我标榜的炫耀，而是心灵的洁净与信念的纯粹，而是精神的走向与慈善的务实行动。

古人云：“与善人游，如行雾中，虽不濡湿，潜自成润。”说的是一个人多与善德善行的人在一起，必然会起到耳濡目染、潜移默化的效果。可惜的是，今天的许多人，与财、利、色、贪粘在一起的多；久而久之，社会浮躁之风、逐利逐臭之风、贪腐贪色之风就会“潜移默化”成为“时尚”，最终害了那些人。

物质财富的多寡我们无法苛求，只是时运使然；但在精神财富的门槛前，行动与否是唯一的进阶标准。我们拥有高度自主权，毋需求人求势，自己只需抬腿向上，负力

转身捞钱　　赵晓苏 漫画

而行，就可以到达精神的高地和远方。一个人的精神能走很远，那才是真正富足的人。

每一个人学会在生活和工作之中守住精神之美、行为之善、思想之真、待人之诚，那就是“中国好人”、那就是“观世音菩萨”转世再生。

古人云：“香饵之下，必有悬鱼；重赏之下，必有死夫。”而今，在市场经济的大潮中，许多人在“香饵”和“重赏”面前不能自持，成为“猎物”，进了“囚笼”，实在是人性悲哀。看来，学会管理自己的欲望，也是人生的一门必修功课。

2015年11月13日晚，法国首都巴黎遭遇系列恐怖袭击，造成128名无辜平民被炸死、250人受伤。举世震惊！人们在伤悲哀悼之余，对恐怖分子的野蛮行径予以最强烈的谴责。他们无视基本价值，违背人道正义，挑战人类文明的共同底线，是世界人民的共同敌人，他们是人兽，不是人。

恐怖分子虽然是人，但他们不懂得尊重生命，无疑是一群人形异骸、低能野兽。迅速将他们清理出人类圈子，是世界各国人民的当务之急和共同任务。

中国目前已跃居全球第二大经济体，国际地位迅速蹿升，令国人振奋。我们可以为之自豪，但不能为之骄傲和自满，更不能盲目地乐观；看不清自己贫穷的根底依然在一些地方"顽强"地呈现，是相当危险的。

在二十国领导人峰会上，中国国家主席习近平掷地有声："创新增长路径，共享发展成果。"我认为，"路径"与"成果"，是一个国家发展过程中两大考量指标和结果导向。关乎如何发展、走什么样的路子和要达到什么样的目的命题。于个人来说，人生的路径宽泛与否、成果的多寡，也是人生收获的主要衡量器具。

借用习主席的话，对于每一个人来说，拓宽知识路径，丰富人生成果，当是人生孜孜以求的务实态度和远大抱负。

人形轮廓基本改变不了（通过医疗整形除外），人样却随时随地可以改变。有的专业乞丐白天沿街乞丐，一到晚上便西装革履出入高档场所，一副绅士派头，人样异形，令人诧异。人性对于有的人来说，可以有"很难改变、可能改变、随时随地改变”等诸多形式转换，关键是趋利避害、讨巧避烦的结果与效果有多大、有多好？！一个物质贪婪并永不满足的人，一定会随时随地出卖自己的人性，露出人的丑样，现出动物的本形。

今天看到广东省国资委出版的杂志《国企清风》，里面有一篇介绍广晟有色金属集团公司总经理邓建球落马被查的长篇通讯。邓建球，年龄与我相仿，个头与我相近，我们在一个饭堂共吃工作餐有大半年时间，他平时话语不多，不苟言笑，走起路雄赳赳、气昂昂，颇有踌躇满志的派头。没想到，履新大半年就被查。原来，这个新岗位是他花几百万元贿赂上级买来的。那个卖官的就是前面说过的在监狱里写诗“看见月饼泪直流”的、我们的上级集团公司总经理钟金松。我为这个差不多同龄的、花钱买官的男人惋惜，想当官想疯了，最后只能在铁窗里过“关（官）瘾”了。

邓建球送礼的钱大部分来自别人送他的钱。他利用国企领导人的身份，在参标竞标的过程中，在收取私企老板的100万元好处后，竟主动弃标，让标给私企老板，致国企一下子损失几千万元利润，真可谓为个人蝇头小利而到了疯狂甚至丧失理智的地步。

邓建球当年也是赤手空拳打天下，奋斗了几十年才有今日之官位显赫、事业成功。没想到，最终拳头敌不过“枕头”。他大肆收受贿赂后，一部分钱往外送给上级领导，企图当更大的官，捞取更大的好处，另一部分不义之财便花在了六个情妇身上。枕头边上的甜言蜜语，销蚀了他原先赤手空拳打天下的锐气。他耗费了大量的物力、财力、精力不停地周旋在六个情妇之间，为她们买车买房，还意外生育了两个孩子……这是“枕头打败了拳头”的典型案例。

社会负面新闻几乎天天可以见到，身边的熟人或外围不很熟稔的人，随时都会传出各种坏消息，有时让人猝不及防，忧虑重重，惋惜不已；有时又让人产生忐忑不安：觉得这个社会太可怕了，原先很好的人，为什么一个又一个变得如此不可理喻、如此疯狂、如此痴迷、如此浮躁、如此贪心，到底是社会染病了？！还是人群染病了？！而且这种病像恶性传染病一样，疫情越传越快，范围越来越广，程度越来越重，变异越来越快，后果越来越严重，医治越来越困难……看来，社会沉疴痼疾不除，监察机制不重建，就难以使整个社会风清气正，就难以使每个人气定神闲、心灵从容，安享改革开放带来的成果。

今年熟人圈里有好几个公职人员相继“触网”被抓，一是说明中央不仅打“虎”，也打“苍蝇”，真正动真格的。二是从“平凡”的出事者的思想和行为轨迹中得出这样一个判断和结论：理想信念动摇是最危险的动摇，道德思想的滑坡是最危险的滑坡；人生定力的丧失是最危险的丧失，党性原则的缺失是最危险的缺失。

中央军委改革方案今天正式出台，其中主要内容有调整划设战区、组建军委新纪委、裁减军队员额30万、停止军队有偿服务等等。力度大、创新多、面广线长，可谓强军兴军的一记威力无穷的“组合拳”，彰显习近平主席的治军决心和理念。作为一个退役军人，我为之击掌叫好。祝愿军队改革乘风破浪，成功在望！

军队改革中，有一个内容引起了我特别的注意，那就是“停止军队有偿服务”这个方面的内容。我是1998年从军队企业移交出来的一分子，当时中央不允许部队经商，移交给地方的，我们属于第一波“割韭菜”成员，这次属于“第二割”，是否是最后一“割”，尚未可知。时过17年的“一割”，这次可能真的“割到”或“割断”军队经商的“根”了。

想想1998年军队企业的移交情景，总觉得那时无序、混乱。一会说资产交一点、留一点，一会又说这个人留下、那个人走，没有尺度、没有标准，没有统一的补偿。有的企业盈利能力强就留下，有的企业“家底薄”就交出去了。我所在的企业华海实业公司，移交了38人，流动现金却只有1.4万元，其移交的资产就是一栋六层楼的毛坯房。年底过年时，移交出来的领导到处借钱给大家发工资。过了一个历史上最清淡寡味的春节，现在记忆犹新。但愿这次移交的军队企业彻底移交，不要重蹈我们那时的“窘境”和“无奈”。

有人用物质感恩，有人用精神感恩。无论哪种感恩形式，说明这个人是牢记别人给予的恩情的。可是现实中，许多人既无物质感恩行动，更无精神感恩行为，一旦帮他（她）渡过难关或成其之美，他（她）便忘恩负义，甚至挤兑、冷落、看不起、残害恩人，上演了一出出现代版“农夫悯蛇”的丑剧。

一念之差，可以活出不一样的人生；一念之差，可以死得千差万别。但那种厌世轻生的一念之差就算死了，也是可悲的笑话、难堪的消失。把无尽伤悲长久地留在亲人的心头，他的死就算值得同情，但他的做法还是值得谴责的。

力求德高于世、行高于人、真现于世、礼让于人、善施于世、言逊于人。这样的人，必然是旷世奇人、时代伟人。

权力非药，却能迷醉人的心魂，利欲无牙，却能吞噬人的理想，金钱无手，却能推人至深渊，美女无情，却能使人痴迷沉沦。

昨天，复旦大学学生投毒案的主犯林某被最高人民法院核准，执行注射死刑，引起世人的唏嘘和扼腕叹息。一个年轻的大学生，漠视生命，戕害生命，罪有应得。但是这不应该给社会众生留下一些沉痛的思考吗？是什么导致他们冷漠无情？他们的生命成长过程中，是什么方面的教育缺失导致他们走向悲剧的结局？！我认为，生命意识的缺失和教育的失误，是导致悲剧产生的直接原因。一个人连自己的生命都不在乎，还能指望他对别人有所热爱？！尊重生命，学会爱别人和爱自己，自然会成为这些人成长过程中相对的死角和盲区，再加之教育主导的缺失，相对死角和盲区就变成了绝对死地和死穴、误区、死区，以致酿成大错而自己浑然不觉……尤为可悲！

要啥拿啥

赵晓苏 漫画

脚步能够抵达的路程终究可以用数字计算出来，而思想精神抵达的路程和路径却无法用数字丈量和换算。这就是有限与无限、有形与无形的区别。因此，我劝世人，追求物质上的东西恪守有限，追求精神上的东西尊崇无限，这样，人活得才潇洒，于生命来说，则更有意义和广度、长度、精度、亮度。

昨晚梦中偶得一哲理小故事，耐人寻味，与诸君分享：两只小蜗牛准备一起去外婆家，年长一点的小蜗牛对年幼一点的小蜗牛说："如今办事都讲速度与效率，又提倡和讲究创新，我们今天去外婆家也要按照这个思路去做，不走弯弯的山路了，改走最近新修的高速公路吧，可以节省时间一大半……"年幼的小蜗牛说："在山路上我们饿了可以吃虫子，渴了可以喝草丛上的露珠，在高速公路上，我们吃什么、喝什么呀？！"两只小蜗牛谈不到一块，谁也说服不了谁。最后便决定各自分头行动。年长的蜗牛爬上了高速公路，刚开始非常爽，前进的速度也很快，后来面对严重的噪音、烟霾，速度减缓了下来……尽管它极力躲避各种奔驰的汽车，最后还是被违规变线的汽车轧得粉身碎骨。年幼的蜗牛一路欣赏着风景，贴着小草，闻着花香，与几只蜜蜂、蝴蝶还边走边聊着趣事，下午安全地到达了外婆家，外婆悲喜交加，半天无语。

求快求变求新，是人的本能趋向，按说是件好事，但为此而付出沉重的生命代价，就情形倒转了，是件非常悲哀悲伤的事。而如今，挤上互联网高速路上的人们何尝不像年长的“蜗牛”，一方面求方便求快捷求新奇，满足感观刺激，非理性举动带来非理性消费，疯狂购物，不能节制；另一方面，又得忍受信息过载的重负，海量信息实则已俘获全身视听感观，填塞心灵，难有片刻清闲和人情料理空间；冷漠、淡漠与现实生活中的人们相处相联，最后自以为是在信息高速公路上如鱼得水、恣意汪洋、酣畅淋漓，殊不知，这也是一种“找死”和迷失自我的方法，可怕的是，许多人却浑然不觉，像那年长的“蜗牛”一样，终将成为悲剧的主角、生命的匆匆过客。

拒绝了与现实中的人沟通互动，拒绝了回归大自然的本质生活，一味沉迷于虚幻的网络空间，过度依赖和发酵互联网意识，过度张扬自我存在感，追求虚无空间的高度关注点赞，信息量严重过载，最终将荒废作为人在生命中发现之美、情趣之美、人伦之美、自然之美的功能，应验了古人“用进废退”那句话，其结果是非常不妙的。

最容易打倒的敌人是自己，最容易站起来的敌人也是自己。自己是自己的救世主，自己也是自己的掘墓人。

昨天（2015年12月20日）上午，深圳光明新区凤凰社区恒泰裕工业园发生山体滑坡，33幢建筑物被冲倒掩埋或受损，数十人被活埋，现场不忍卒睹，举国哀伤。这是我所得知的最大山体滑坡事件，这个光明新区一点也不“光明”，充满了“黑暗的邪恶”，这个凤凰社区一点也不具备“凤凰”的优雅知性，它将自己“涅槃”的余威嫁祸在人类头上；这个恒泰裕工业园一点也不“恒泰”“裕”，充斥着无限变数和突如其来的灾难，剥夺了人们恒久地享受泰然优裕的生活权利。真是世事难料、事故难防啊！

深圳山体滑坡后，习近平总书记和李克强总理都做了重要指示，尽一切可能全力搜救、抢救生还者，减少伤亡。可是，在十几万平方米的工业园、几十万立方米的山体泥土里寻找掩埋的生命，又何其困难啊！据调查，这些泥土是近年来后天形成的“假山”，由数百台泥土运输车每天从建筑工地运来，堆集成山的，天长日久，竟成了“毒山”“火山”；人类自己作的孽，人类自己偿还；人类自己栽下的苦果，自己咽吞。

深圳山体滑坡，看似是自然事故，实质上是安全意识、安全防范思想的“滑坡”所导致的人祸。既然是建筑工地运来的余土堆积后成“山”，为什么没有人去跟踪发现？为什么没有部门去打理、加固、做足防范工夫？越堆越多后，为什么没有人去测量、勘验土石方的危险系数？看来，有关部门失职了，有关人员渎职了。人命关天的大事，怎能容忍各种懈怠的、不作为的人和部门，该一查到底、追责到底！天祸可恕，人祸不可恕！

深圳山体如此大面积滑坡，举世罕见，我就不明白，事故发生前，一点预兆都没有？！住在山边的人没有看到一点松软、溃散、滑动坍塌的痕迹吗？！按说，一些小动物的敏锐性较高，也没有任何异样吗？要知道，数百条人命刹那间被吞噬，多少家庭从此永远被悲情笼罩，多少人失孤失欢失助？！真可谓人间惨剧！

头三天是深圳滑坡救援的“黄金72小时”，时有人被救出的消息传来，令人欣喜期待。人的生命是第一位的，但是，相当于55个足球场那么大面积的泥土，要迅速清理、装填、运走，加之填埋倒塌楼房的钢筋水泥网状交织，要救人又非易事，唯有分秒必争、连续作战了。唯愿救援人员献出大爱与拼搏精神，争分夺秒，救人一命，胜造七级浮屠。

今天是深圳滑坡事件的第三天，深圳警方已开始按主体责任名单开始抓人了，这是非常应该且必须的。在这座垃圾山的形成过程中及形成危山、“滑山”的过程中哪些公司、哪些部门、哪些人失察、失职、失为，该逐一筛网，逐个问责，一网打尽；而后评估损失、安抚补恤死亡人士家属；只有这样，才能抚慰那些枉死的生命。

今晚是平安夜，让我们献一束花朵祭奠深圳滑坡事件的遇难者吧！他们的“不平安”为这个圣诞前夜带来了愁云惨雾，警示世人要想过好每一个平安夜，要呵护自然，不要破坏自然；要未雨绸缪、防患未然，不要灾难过后的亡羊补牢、举一反三；要时时刻刻绷紧安全弦，不要盛荣之下忘乎所以、得意忘形；要各司其职，把守和造福一方，不要玩忽职守，祸及人民群众，危至普通百姓。（后注：此后五日，深圳有关负责安全监管的官员有的跳楼，有的投井，向人民谢罪，也算是一个交代和自我救赎。）

今天（2015年12月25日）是西方圣诞节。早晨看凤凰卫视早间新闻，罗马教宗在圣诞平安夜上弥撒的演讲题目是“尊重生命的价值”。这对于一些地区、一些国家战火冲突不断、导致民众生命惨遭涂炭的世况世象，是多么有现实意义的一句话啊！只有尊重各种生命的价值，才能求同存异，各得其所，不能一味向别人强求强加和兜售所谓

“普世价值”，只有先尊重生命的价值，才能形成共同的普世价值；任何强权强国强人所杜撰出来的“价值”不会被世人普遍接受的，而且特别容易引起人们的反感、反抗和抵制。这才真正是世界动荡不安的最大根源和隐患。

“尊重生命的价值”，谈何容易！我认为，这里有两层含义，一是尊重生命、敬畏生命，一切以保护生命为前提和出发点；因为价值观千人千样，五花八门，你不能指望和奢求全世界人的价值观高度同质化，更不能企图用穷兵黩武的方式去实现价值观的同质化，如此，只能是惹火烧身和徒劳无功的；有的时候反而会加重世界的纷争，使矛盾升级，成为战火和恐怖袭击的导火索，叙利亚、伊拉克就是明显的例证。很多人不明白这一点，总认为，自己喜欢吃二窝头，别人也会喜欢吃二窝头。

2015年还有一天就会被历史轻轻地翻过。站在时光的河流上眺望，2016年会以什么样的姿态、势态、形态呈现在世人面前呢？！我的期望是：世界经济繁荣，各国人民生活稳定、富裕；世界阳光明媚，和平和谐和顺；不受恐怖袭击之苦，不遭内斗冲突之殃，不见局部残酷战争场面，不闻自然灾害留下的呻吟与悲恸。

2016年元月1日，习近平主席在发表“新年贺词”中说：“要扩大我们的朋友圈。”一个国家元首提出要“扩大朋友圈”，这是我首次听到这样的诉求。我认为，它寓意深刻，意图分明：首先表示中国人民的友好之情和爱好和平的愿望，众所周知，只有在友好的气氛和和平的环境下才能交到新朋友、维系老朋友关系；其次，展示了我国愿意主动广交新朋友的姿态，广交新朋友就必须敞开大门，欢迎各国朋友进得来，玩得开，站得住，出得去，谈得融洽自然；而中国人的胸怀、中国人的气度、中国人的待客之道是载体也是沟通熟络、建立平等稳定关系的重要内容；其三，扩大而不是维持现状或缩小朋友圈，其主旨是告诉世人，中国不嫌朋友多，多多益善。只要爱好和平、珍惜友情、拥护中国的对外开放政策的国家和人民，都可以做中国人民的朋友。这是一个国家层面的交友“心经”，只有多交朋友，互利合作，才能共赢、共享繁荣。只要世界各地繁荣富裕了，世界才能趋于平稳，才能不至于战火纷飞、动荡不安。这是中国国家主席为全球谋福祉的一个重大举动，着实可赞可点！

尊崇占领心灵和精神高地的人，鄙视、唾弃那种不择手段谋求物质优渥和丰盛的人。追求物质的富足应有限度，追求精神的富足才是最大的满足。

无稽之谈　　　　赵晓苏 漫画

空间是躯体的茧，时间是灵魂的巢，人世间是生命的牧场。在时间里不无聊，在空间里不无奈，在人世间不无憾，就是一种幸福观、幸福感。

一片树叶轻轻落下，它知道再回到树枝上已无可能；便悄悄地贴近树根，用自身的养分滋养犒劳树根，瞬间完成心态的嬗变和心灵的飞跃……

追求物质的厚度总是让人沮丧失落，追求精神的高度总是让人满心欢喜。物质厚度可以让人贪婪得无以复加，将生活的本意和快乐消弭干净。精神高度可以让人幸福来得简单、充足，将生活的挫折与不幸一一化解和消融。

一个有独立人格精神的人，不会依附任何权贵权势，不会屈服任何利益集团，不会涉足坑蒙拐骗行业，不会萌灭人之初心和本性。

男儿不当兵，差点爱国心；男人不习武，像只纸老虎；男儿不操枪，揾工不吃香；男人不历练，身体欠康健；强身又报国，子孙享福德；江山代代传，国土非等闲；安危存朝夕，男人当尽力。

人生的畅快不在做大官时，也不在成大富时，而在于物质无累赘、精神无负担，心境从容而淡定，灵魂高洁而皈依。纵是大官大富，能够看轻权力、看淡财富，在清风明月中品茗静坐，在繁杂琐碎事务之余不失雅兴，在杯觥交错中不迷失自我，在义举善行上不甘人后……人生亦畅快矣！如是凡人，畅快则来得更加简单和快捷。一箪食、一壶茶、一陋室、一知己，足矣！

人性的负熵导致负能量的产生。负能量一多，人的惰性、劣根性、随意性便会大量滋生、堆砌、凸现、爆发，最后必然会导致许多有失人性的事情发生，于人生的福寿有百损而无一益。

人生有“几悟”一定不能忽略忽视。一是觉悟，它是你人生境界形成的基点；二是领悟，它是你人生智商形成的基点；三是感悟与顿悟，它是你人生情商形成的基点。境界高能促成智商高，智商高能提升情商高。所以，这几种“开悟”是人生的必不可少的修炼课程。

生命应不停地觉悟，生存应不停地感悟，生活应不停地省悟。只有这样，人生才能少留或不留悔悟。

临近春节，每天开车通过高速公路返乡的人越来越多，据央视报，每天都有大小不同程度的交通事故发生，造成数十人死亡。归心似箭，可以理解，但不能“箭”折心碎，让团聚的梦变成人生驱之不散的噩梦，阴阳隔离，这是人人应该明白的道理，更是应该高度谨慎小心的时候。

车轮在飞，思绪也在飞……归乡的愿望越强烈，越要注意危险的“凶神”也在靠近；把握好方向盘，才不会错过人生日后持久的每一个盛筵与团聚机会。毕竟，安全才是离家最近的路。

精神的苏醒是最可贵的苏醒，良心的泯灭是最可怕的泯灭，关怀的冷落是最直接的冷落。一个人只要精神长存、良心长在、关怀不止，就一定能在道德上变得更有力量，社会和国家就一定会充满正能量和温暖阳光。

《文心雕龙》里有一句话很有哲理性：“殊声而合响，异翮而同飞”。大概意思是，每一个人发出的声音虽各有不同，但大抵都合乎礼仪和节拍；每一只鸟虽各独自飞翔，但大抵抵达的方向和目的是一样的。这对于当代中国大陆与台湾的关系，具有很多借鉴和警示意义。不强求信念千篇一律、说法众口一词、做法雷同一致、人心天下归一，但只要人人识大体、顾大局、认准认清“大中华”这个老祖宗留下的根基与家底，不搞“台独”，各自以现有模式在世界格局中迅猛发展，不正是“殊声而合响、异翮而同飞”的真实观照和相互融合吗？！

2016年春节这些天，“引力波”三个字震荡了全世界，刷爆了朋友圈。“引力波”是什么？！据说美国科学家们探测到了一个来自宇宙深处的、久远而微弱的信号，证实了100年前爱因斯坦所说的广义相对论理论的存在，把人类对宇宙的认识刷新了一大截，开启了人类探索宇宙的新纪元和无限的想象空间。

“引力波”的捕捉，这是美国科学家四十年如一日的“守望”“等待”“倾听”的结果，没有强大的毅力和定力是无法承受和实现的。这种对科学信念的坚持和专注，更具有穿越时空的力量，让人不得不感叹人类的“较真”与伟大！

在“引力波”科学发现的过程中，我注意到一个细节，有一个广州仔参与了其中的研究与探索，这是令人始料未及的光荣。科学探求无国界，说明中国人的智慧一样可以抵达宇宙的深处、银河系的边缘。我曾写过一首诗："落寞天空可寄志，云彩深处能化缘"，我的思绪与联想多年前就已定格和到达宇宙深处的某个角落，只是无缘见到回应罢了，广州仔替我"圆梦"了。

人类的肉身不能脱离地球（搭乘载人工具的人除外），而人的精神和思维想法可以抵达浩瀚宇宙中的任何一个星球上、任何一个苍穹角落。联想遐思，是最简便的工具、最好的办法、最快捷的方式，把生命质地的坚强、精神意境的无限，遥寄传递到广袤苍凉的宇宙深处或某个星系上，该是多么惬意畅快的一种体验和美妙遐想，真正是心系苍穹，超凡脱俗、物我两忘，逍遥自乐。

今天是2016年3月14日，是南沙"3·14海战"28周年纪念日。这是新中国自1949年成立以来与我们最近的一次海战、也是共和国成立以来最后一次大的海战。这一战，从敌占岛礁中夺回几个属于中国海洋国土的礁岛，毙敌527人，击沉和摧毁敌舰3艘，俘敌9人，战绩辉煌。而我方只有枪炮长杨志亮负伤，余该无恙……杨志亮也因此仗荣立一等战功，英勇事迹载入共和国史册。

我给战斗英雄杨志亮发去的信息是这样写的："向共

和国海战英雄致敬！向享誉军中的时代骄子致敬！向可亲可敬可学的兄长和战友致敬！国家和民族都应该记住今天这个特殊的日子，这一仗，使中国人的海洋国土意识幡然省悟和瞬间增强、使海洋国土面积增加几千平方公里，多么了不起！永载史册，功在千秋”。

杨志亮“3·14海战”后，昏迷五日，被送往大陆救治，幸无生命之虞。成为共和国的英雄后，他始终保持内敛、低调、谦逊、勤奋、好学的可贵品质，这些年我们一直保持着联系，他现在虽身居南海舰队政治部副主任的高位，依然保持谦谦君子、高风亮节的品性，随和，平易近人，守信重诺，有情有义，这非常难得，是现代社会人群中稀缺的、熠熠发光的品质。

今天是“3·15消费者权益日”，在现代社会，诚信正日益显得稀缺，许多人拿诚信不当回事，干着坑蒙拐骗、损人利己的勾当，表面上看没有受到法律制裁，过得很逍遥，实则只要他心还在跳，时时受到良心上的谴责是必然的。善恶终有报，不是不报，时候未到，时候一到，恶有恶报。

早晨踱步上班，忽然想到一个老问题，人生追求的最高层次究竟是什么？！想了一路，终于有点眉目，那应该是：不求大官大名大富大贵，但求大德大善大爱大成。大德大善大爱很容易理解，“大成”是什么？就是以自己的成功成就最大限度地去成全、帮助别人，与古人所云：“穷则独善其身，富则达济天下”的“济”有异曲同工之妙。一个人能成就别人最能体现大德大善大爱的付出质量和奉献水平。

一个有质感的人必须同时具备有思想、有温度、有品质这三个条件。有思想，才能拥有独立的人格和精神，不为世事世风浸染和左右；有温度，才能拥有体恤和照料民情人情的心和行动，不会冷漠无情、道貌岸然；有品质，才能拥有提高思想的纯度、温度以及持久度，达到持经达变、品质感人境界。粗质与劣质的人是不可能拥有这些优秀基因的。

习近平总书记在各种场合、会议上一再强调“底线思维”。我在想，一个国家的“底线思维”是什么？！一个人的“底线思维”又是什么？！按我的理解是：国家的“底线思维”是主权完整、民族和谐、国家安全、路线和大政方针吻合民众愿景、发展战略顺应自然规律和科学等；个人的“底线思维”是人格独立、思想进步、人身自由、精神超然、做人正直、做事规矩、坚决不去触摸高压线、点燃导火索、误入雷区。

国家层面的“底线思维”是宏观的，个人层面的“底线思维”是微观的。只有微观层面的“底线思维”服从宏观层面的“底线思维”，整个国家才能形成和谐共振、万众一心、众志成城的局面；微观层面的“底线思维”与宏观层面的“底线思维”如果相抵触、相矛盾，那社会就会动荡不安、国家基石不牢，这必须引起有关政府部门的研究和重视，设法打通“梗塞”，融合糅合，叠加互通，共划同心圆。

古人云：“行善之人，如春园之草，不见其长，但日有所增；作恶之人，如磨刀之石，不见其损，但日有所亏”。这虽然是揭示事物由量变到质变的演化过程，但同时对于每个人面对繁杂的世事如何选择生命朝向作了最为朴实的诠释。一“增”一“亏”，增的是福、是寿、亏的是心、是福分。

2016年“清明节”回老家祭祖，感念先祖的福荫恩泽。我外公外婆去世五十多年，坟头芳草萋萋，破败不堪。我独自牵头和出钱出力为外公外婆树立碑石，永志后人。我时常想，没有各位先祖的积福积德和庇护，哪有我们今天的福分绵长呢？！祭拜的是先祖，修葺的是墓园，轻拂的却是心灵感恩的家园。

树再大再高，始终是从根部吸收营养的成分；人再杰出再超凡，始终离不开父母养育和社会底层的支撑与依托。感恩把我们带到这个世界上的人，就要一辈子永远缅怀并追思先于我们离开这个世界的人。

昨晚突发一梦，早晨起床清楚记得。我上书国家机关，呼吁设立“国耻日”，让全体中华儿女永远毋忘“国家挨打、民穷受欺”的苦难与耻辱日子，叠加屈辱的记忆，提振中国人民雪耻的信心信念，以实际行动维护中华民族的高度自尊和团结睦邻的和谐局面。

设立“国耻日”，它的性质与宗旨、目的与指向既不同于“八一”节，又不同于“国庆”节。“八一”节纯粹是复转、现役军人的节日，是以军人为主要群体的一项节庆活动；“国庆”节是一个国家的诞生日，是一个国家宣示主权独立的庆祝日子，其中展示的部分国防装备和阅兵活动，只是提振国人自豪感的一个单项节目，但不能从根本上触及国人受屈辱、任人宰割的那块历史“伤疤”。

危险动作　　　　赵晓苏 漫画

设立“国耻日”，就是要主动揭开“伤疤”，察看“伤疤”、透视“伤疤”、触摸“伤疤”、治愈“伤疤”，让“伤疤”不要被现实的欢愉掩盖和雪藏，要让“国耻”年复一年地在中华儿女心中敲响哀痛与警示的长鸣之钟；借此毋忘国耻、毋忘发奋图强、振兴中华！

“国耻日”建议设在“9·18”“7·7”或“南京大屠杀纪念日”当天，这些都是中华民族受尽屈辱和人民惨遭蹂躏的日子。当天全国放假一天，一些重要场所（如天安门、中南海、政府机关）下半旗志哀，悼念受辱亡故的同胞。另外，在各大城市中举办各种图片展览、军事形势讲座、开放剧院免费观看各类战争片，对中小学生开放军营、开展参观军营、学习军人活动尤其是要开放海岛、边防哨所，让社团有组织的去参观，吸取爱国爱军能量；组织军用飞机群飞越城市、舰艇靠岸供市民参观、组织市民射击、观看高炮射击表演、军人习武表演、防空警报鸣放等活动。在广大农村中，政府主导慰问复转军人、军属、烈士遗孤等活动，免费放映战争片、播放战争影视剧，组织青少年就近参观驻地部队，体验军营生活，组织党员干部瞻仰烈士陵园，拜谒革命先烈墓陵、参观故居；有条件的地区组织部队进山区拉练和组织高炮试射、装甲坦克训练观摹……，在“国耻日”里，要让久违的和持久不息的枪炮声一次又一次唤醒国人麻痹的神经和屈辱的记忆。

在经济高速发展的今天，很多中国人已淡忘了，外倭坚船利炮撬开中国大门、肆意荼毒和杀害中国同胞的那段屈辱历史。设立“国耻日”，就是以国家法令的形式警示和提醒国人在和平年代不能“好了伤疤忘了痛”，迷失于歌舞升平中，追逐于声色犬马和各种利益中。当知当觉贫困落后会挨打，富裕富强后依然有虎视眈眈和觊觎之人心怀鬼胎，在打鬼主意。其实，战争并未走远，硝烟随时可闻，血腥场面随时可见。

我发此感慨并非危言耸听，也非哗而取宠，更不是无病呻吟，而是实实在在的实情和隐忧，也是我发自内心的呐喊。虽非宏大壮烈的精忠报国之举，但也是一种小资的忧国忧民情怀。国人如果均是麻痹大意、不以为然，后果危矣！正如古人所云：“生于忧患，死于安乐”是也。

物质能喂饱身体，但喂不大精神；精神能撑起物质的世界，却经不起身体的折腾。身体没了，精神可在；精神没了，身体只是皮囊。

河之为河，在有堤坝。人生如河，也有堤坝。有些堤坝要加牢，有些堤坝要加高。加牢是为防止："千里之堤，溃于蚁穴"；加高是为适应新时期新形势下的新变化，不"加高"就容易形成"低洼"积水，而"水"久聚易生变，惹出臭水熏天的事情来。

最近读《老子》一书，老子他有一句话令人震耳发聩。"名与身孰亲？身与货孰多？得与亡孰病？是故甚爱必大费，多藏必厚亡"。说的是名和利不过是身外之物，看得太重、"专注"和"痴迷"得太深，必会物极必反，劳心耗神，死得非常难堪。时下，许多所谓成功人士、精英、高官，时时焦虑、处处烦躁，莫不与此说法相关。"多藏厚亡"，手里和心里藏的东西太多，不早亡、不厚亡才怪呢？！

什么是人生的"堤坝"呢？！我认为，法是堤坝的根基，德是堤坝的坝体，公序良俗是堤坝的路面。不守法会破坏堤坝根基，不崇德会动摇堤坝的主体，不遵守公序良俗会使人生的路面凹凸不平，行走吃力。

敬畏堤坝，守护好人生之堤坝，当官的可以达到少犯错误，少出贪赃枉法之人；经商者可以达到诚信经营，少出奸商和坑蒙拐骗之人；普通百姓可以达到持经达变、一生平实和顺的目的，少有人生变故和悲剧发生。

我多次说过，官品不等于人品，官品高不代表人品高。一些人官品高，而人品却出现大量瑕疵，为人诟病，因此这些人便想方设法通过当官、用官品掩遮人品的瑕疵和问题。人品差，官品顺，使权力的快意感、事业的成功感、资源的垄断感、众多的抬举追捧感变得更为动人迷人和现实真实，造成许多人趋之若鹜，甚至不择手段达到目的。一些人的人品很好很高，却没有机会或途径入仕入阁，抑或没有人赏识提携，失去官品，远离权力和财富中心，但这并不能对他（她）的人品有任何置疑；相反，如果他（她）能够以人品弥补官品的缺憾，踏实工作，发挥所能，任劳任怨，平凡生活，忍辱负重，不艾不怨，倒是愈显得弥足珍贵，这种人应格外值得敬重和帮助才是。

每一个人都有故事，只是有的人故事冗长，一辈子也没有讲完；有的人故事精短，接二连三地发生，新故事不停地把旧故事遮掩了，因而所有的故事显得平淡、不精彩。要想人生的故事精彩，就不要产生太多的故事。故事太多，就容易变成人生的“事故”。

“故事”和“事故”两个词语字数相等，文字等同，互为反转后语境和意思就千差万别了。如果从人生角度来阐述这两个词语，颇有意思。所有人的人生归纳概括和区分起来不外乎下面两种情形和境况：你这一生是想做一个“有故事”的人？！还是想做一个“有事故”的人？！

做“有故事”的人，前提必须要有一颗善良、包容、进取的心，加之浪漫的情怀、坚韧的毅力、舍得付出的行动，这样，一切美好的故事肯定时常会发生在你身上或身边，温馨而又感人。而人生发生“事故”的人，肯定是贪婪心取代了爱心、善心、孝心，鲁莽冲动取代了睿智理性，疏忽大意取代了谨慎小心，虚荣虚伪取代了谦虚谦逊、放纵放荡取代了克制内敛……祸根埋下，因果报应，故人生时常有“事故”发生，其结局自然是惨不忍睹，下场往往出人意料，令人不胜唏嘘。

大部分人的人生都是从“有故事”开始的，也是从“有故事”结束的，真实而美好；只有少数人的人生开始“有故事”，后来故事精彩过头或逆转了，就发展成了“事故”，残酷又而悲怆。许多高官、巨贾、明星，概莫不是演绎“故事”与“事故”的“高手”“专家”“行家”。所谓“人生如戏”“戏如人生”，均是道尽“故事”与“事故”易变易现的另一种说法而已。

中国作家莫言在获诺贝尔文学奖的颁奖典礼上的发言题目我依稀记得，就是“做一个有故事的人”，可见其用心细腻、匠心独具，他契合和满足了各个国度、各个阶层人群的心理需求和愿景设置。而现实是：一辈子当一个“有故事”的人很难很难，而做一个“有事故”的人却轻而易举：自毁三观、贪得无厌、不知足不知止、狂妄轻率、浮躁毛躁、操行变节、胡作非为……端行，随便沾上一个，都足以让一个人变成“事故”频发的人。而一个人要达到“故事”绵长、动人、活泛、经久不衰、鼓舞人心，没有高洁的灵魂、不朽的精神、坚定的心力、温馨的美德、慈悲的情怀、执着的行动，是不可能做到“故事”悠长而又滋润和攫取人心的。

凡人有“故事”但鲜见有“大事故”发生，权高位重、大富大贵者有“故事”亦有“大事故”发生。凡人有故事成为伟大的、纯粹的人不少，例如：雷锋、张思德、董存瑞、黄继光、白求恩、焦裕禄等，让世人敬仰和永久怀念。权贵者把“故事”衍变为“大事故”的人反而更多，让人惋惜和唾骂憎恨，例如：周永康、令计划、徐才厚、郭伯雄、朱明国等人，哪个不是开始有令人羡慕而又催人奋进的追求与奋斗的“小故事”而后又有令人悲催的颓废与堕落的“大事故”发生？！照我说，还是做一个凡人好，“故事”可有可无、可长可短，都不要紧，关键是，绝不能让“大事故”蹿出，不仅毁了自己一生，还毁了家庭和子女的幸福，太傻啦！人生失败的故事成本太高，事故成了毁灭性灾难，于人生何堪？！

我有几个朋友和战友，均出身寒门。有的十年寒窗，发愤苦读，最后一举成名，成为一名高级干部；有的报名参军，立志报效祖国，最后成为一名军官。他们皆成为家乡父老教育孩子的良好素材，是励志故事中的主角人物。他们的故事经久传扬，美名不胫而走。而当他们身居高位或管财管物时，思想转变，“故事”嬗变，不曾想“大事故”接踵而至，有受贿的、有贪污的、有制假售假牟取不义之财的，最后锒铛入狱，成为“大事故”榜上的风云人物，成为家乡父老乡亲摇头叹息的对象。人生颇有戏剧性，“故事”变“事故”，只是一念之差、一步之遥！鬼迷心窍者不识其中利害关系，很难把握其中的分寸，最后，干出“一失足成千古恨”的事来，惜哉！悲哉！

这些把“故事”演绎成“事故”的人，在审判时，在法庭上往往有这样的陈述：“我是一个农民的孩子，走到今天这个地步，非常后悔，对不起党，对不起人民，更对不起父母……”听到这些话，我心里不是滋味，你把“故

圈　子　　赵晓苏 漫画

事”演绎成“事故”，“农民的后代”不是原罪，不是你请求轻判的理由，更不是你贪腐犯罪的遮羞布，不要玷污了父辈的名声，出事后博同情，再次伤害勤劳农民的质朴感情，要怪只能怪你自己人性的贪婪与嬗变、精神的迷失与颓废、不知足不知止不知福。先是自己发奋图强改变了人生，后是自己孤心苦诣又努力摧毁了自己的人生。“故事”没有续接上，“事故”却在中途逆袭“插播”了进来，不可谓不智、不可谓不悲？！

生命的故事里常有事故的苗头和引子，当掐则应掐死，当剪则应剪尽，不能让它有任何发酵酿灾的机会。人生的事故中时有貌似“故事”的开头和精彩的情节，当断则应断根，当刨则应刨到见底，不能让它有任何成型作孽的机会。二者更不能混淆不清、模棱两可、拿捏不准；莫让“故事”变“事故”，应成为人生的一项重要修炼指标和保障前提。

类似于“故事”与“事故”的字面反转、意境迥异词语，还有“情人”与“人情”，也颇值得思忖。我曾就此写过一篇文章，题目就是《人情与情人》。人情是美好的，不要把异性间、部属间的“人情”试图异化为“情人的关系”，其结果必为所累，甚至还可能付出家破人亡、妻离子散、丢官弃位的代价。有时候，情人无人情，决绝起来真能要你的命。

官职有大小，责任无区分。我常想，不管正科副科，当了人民公仆不把科学发展观当回事，蛮干瞎指挥，欺下瞒上，弄虚作假，不干实事，那就是严重的“偏科”；不管正处副处，不处处为群众利益着想，整天想着自己的好处，还不择手段捞起好处，迟早被党纪国法处分处理是必然的；不管正局副局，在任时不为老百姓谋取和谐之局、幸福之局，那他（她）出局是迟早的结局；不管正省副省，省了艰苦奋斗的优良美德、省了廉洁自律的表率行为，省了务实兴邦的责任担当，最后可能落到“反省”的下场；你不让全省人民放心省心，就省了人民对你的拥戴和期望；不管正部副部，说白了不过是党的一名干部，光按部就班不行，还必须把智慧和才能全部奉献给国家和人民，才算对得上“部长”称谓，绝不能有“‘跑’部‘钱’进”的歪想；不管正国副国，治国理政，必须以国家利益为先、为重。不爱国、忧国、兴国、强国，使自己成为国之栋梁、国之砥柱、国之灵魂、国之核心，最后必将为国所不容，为国人所诟病。

2016年7月1日，是一个特别的日子，是中国共产党95

周年华诞，举世瞩目，全球聚焦。一个起初只有十几个人的小组织，能够发展成为全球第一大党、一个大国的执政者，真的不容易！她的成功和发展壮大靠什么？我认为，靠的是一种朴素的信仰和信念，他们不愿意做奴隶，更不愿意被压迫、被剥削，他们视马克思理论为圭臬，愿意为大众利益去受苦、去流血、去赴死……这就是共产党人的精神动力和行动驱引。正是因为有一大批这样信念与追求相同的人汇聚在一起，才开创了中国的新纪元，引领中国走向繁荣复兴的强国之路。

7月1日当天，作为这个组织中的光荣一员，我们在广州毛泽东农民运动讲习所里对着党旗宣誓，重温入党誓言，参观了国家有关单位主办的大型图片展《复兴之路》，心潮澎湃，思绪万千……作为和平年代、市场经济转型时期的一个党员，如何保持党性、继而光大德性、人性，剔除兽性、劣根性，是一种艰难的取舍抉择和生死考验。我想，不忘初心，方能走远；知足知止，方能从容；不忘宗旨，方能持经达变、晚节无虞。

2016年7月1日，我们在沐浴党的光辉的同时，在我家乡湖北省麻城市，父老乡亲却正在蒙难遭罪：特大暴雨连下几天，山洪暴发，洪水泛滥，河堤决口，道路、桥梁被冲断，水库告急，百姓房屋浸水倒塌，供电中断，良田、农作物被毁，数千百姓流离失所，更有数十人伤亡和失踪，直接经济损失达几十个亿。这怎不令人揪心和不安！这是家乡四十年不遇的大水灾，多少父老乡亲处在水深火热和饥渴交迫之中啊！真想飞回去赈灾安民啊！

洪水无情肆虐，天灾伤人夺命，尤其对农村生产影响深远。许多以土地为生的农民今年将颗粒无收，来年亦会歉收，这是怎样的情形和境况，尤为让人忧虑和担心。希望以全社会之力，迅速赈灾扶助，渡过灾期，恢复生产；让百姓重归田园，衣食无忧。愿老天护佑麻城，阳光普照，风轻云淡，山河锦绣，世代平安！

将这个世界照亮的东西，从来就不是权力、气力、武力、财力，而是美德、思想和精神。

人有“三形”：有形的躯体、无形的思想、隐形的精神和灵魂。躯体有形，立于大地上，行走有影；思想无形，附于身体，想法千奇百怪；精神和灵魂隐形，依于身体、靠近思想，是身体的内存和发酵，是思想的淬火和升华。

人的精神和灵魂虽是隐形的，但常常通过有形的躯体、无形的思想展现、显露和激发出来的。高尚的灵魂和高洁的精神都是肉体和思想打磨提炼、孕育、涅槃的结果。

一个人躯体倒下了，思想停止了，但精神和灵魂却可以长久留存于世上，让人千秋崇拜、万代传颂。说明精神和灵魂比生命本身更有韧性、宽度、长度、美感度。

时下人们想方设法以各种方式来增寿（增加生命的长度），无可厚非；但是如果只增寿，不增精神和灵魂的质量和容积率，生命的宽泛度和纵深度终将是有限度的，生命的质地是粗糙的、简陋的，有的甚至是非常丑陋的、猥琐的。

把精神和灵魂提升到一个伟大的高度，那生命的质地才是精致的、坚固的、美丽的；经得住时间的考验，耐得住风暴的侵蚀，扛得住历史的审视。

躯体靠营养，思想靠修养，精神和灵魂靠滋养。没有健康的躯体、端正的思想，精神和灵魂不可能润泽发光，更不可能走得很远和美得亮堂。

在时间和空间维度上，生命的躯体如白驹过隙，一晃即过；思想如海水，时而澄明，时而混浊；唯有精神和灵魂，可以永恒地照亮千里、感动万年。

一个人精神的涵括内容，我认为应是美德、气节、操守、情怀、善爱、施舍等内化于心、化外于形的具体总称。而这些都是通过有形的躯体和无形的思想进行呈现、体现、实践、传播、散发开来的。一个人的伟大，是三者有机契合的努力结果。

一个人的灵魂看不见、摸不着，但通过其核心的价值观、生命观、生存观、生活观贯彻于生命全过程中的一种悬浮动态便可见其美丑、高低和优劣。一个灵魂干净、高洁的人，虽死千年，却永远活在人们的心里；一个灵魂肮脏、丑陋的人，虽在眼前，犹如行尸走肉，让人避而远之甚至唾骂诅咒。要做哪种人，取决你的言行举止和心念。

吟二：

阳光对生存的呢喃

生命活出长度，那叫年龄；生命活出维度，那叫快乐与自由的空间；生命活出气度，那叫幸福时光。生存的线条与质感，总在年龄、空间、时光里不断展现与跳跃、轮回与更替；好好生存下去吧！生存才能繁衍人类，创造机会，刷新成就，延续文明；存在就会实现价值，追逐梦想，畅享生活。

——本篇题记

安闲是人生生存的最高境界。安闲不是安逸无为，也不是清闲无事，而是自食其力、自给自足后的安心享受、闲散消遣的物我两忘的自然流露。不亏欠任何人情，不欺任何人心，不占任何人便宜，不昧天地恩赐，才能得到安闲或靠近安闲的福分。

为了生存，趋利是人的本能；为了声誉，趋名是人的需求；为了精神上的欢愉，我认为，趋静才是人生最珍贵的、最值得拥有的情怀和追求目标。

一个人善于审时度势、持经达变也是一种能力体现。审慎权衡利弊之后，衡情论理，趋利避害，扬长避短，做出有利而无害或利大于弊的决策，实属高人或高明之举。

每个人都有自己的生存哲学。不管现实多么严酷，大多数人都祈望有一个舒畅、和美的精神世界和一个丰厚、富有的物质人生，这无可厚非！问题是，用什么样的方式和手段去获得，这考量人的智慧和操守。

有个别人“利”字当头，一切活动和行为以“利己”为出发点。是自己的，坚决不让；不是自己的，也要创造一切机会分“一杯羹”。至于拔一毛而利天下的事，那是别人的事，与己与关。毫不惧怕别人说自己是“铁公鸡”，也不惧有人言自己是“自私鬼”，一个时期，还有可能成为一个富翁、成为有钱人；这种人说白点，就是一个物化的奴隶、可怜虫，不值得羡慕，更不值得学习和模仿。

在当下，许多人生活在“忙、快、急、躁”节奏中，不能自拔、不能自醒、不能解脱。这种生存状态，不是实实在在过日子，似乎是在赶着日子给生命打个“圆结”、尽快了结算了的样子。

每个人生存生活在不同时间、不同空间、不同人间，它们“三间”到底有怎样的依存和影响关系？这值得人们尤其是科学家们去思考、探索。我认为：时间是经纬，空间是坐标，人间是平面。每一个人所构成的平面图里都可以勾勒出经纬度和坐标，标列出你所处的时势位移轨迹。

可以想象，一个把欲望当成信仰和理想的人，会是怎样的一个人？！远离和漠视他（她），才会使生命变得有意义，使生存变得容易，使生活变得惬意。

伪善与伪恶，经常见诸人群中：伪恶的人，只不过

民俗异化

赵晓苏 漫画

是在你面前舞枪弄棍，并不会带来实质致命性恶果；伪善的人，在你面前笑得很真实，却在背后踹你一脚、捅你一刀，然后还微笑地说要“送你去医院”。

心的格局有多大，人生的格局就有多大。格局决定结局，结局又能改变格局。

气度是内心蕴藏的一股力量，气节是外在显示的一种修养。有气节的人气度非凡；没有气节的人，不可能有气度。有气度的人，气节不一定高尚，取决于他（他）所蕴藏的力量是否能与社会主流价值观吻合并产生共振？！如果不能，他（她）丧失气节是早晚和迟早的事。

人品大于官品。官品（等级）是一时的，人品是一辈子的。有人总认为当了大官，权高位重，就是人品好的结果；殊不知，在前几年买官卖官盛行的时候，一些人品差的人用金钱弥补了他的人性“短板”，爬上了高位，换来了官品。后又通过官品官位，不择手段谋求更多的利益黑金，攀爬更高的庙堂，其“官品”高并不能说明“人品”就高。反而说明其人品很有问题，体制与制度也有问题；欣喜地看到习近平总书记执政后正本清源，解决一系列体制与制度缺陷问题。相信不久的将来，人品与官品真正匹配成为可能。

看到二十几岁的年轻人身居高位和要职，悲欣交集。悲的是，他（她）的人生实在太顺，是个隐忧，就怕他（她）得意忘形；果如此，还可能是他（她）从此跌跟头或坠入万劫不复深渊的开始；喜的是，江山代有人才出，长江后浪推前浪，国家兴盛有保证，民族强大有后劲。

古人云："高处不胜寒"，其实，站得了高处，自然有抗寒的策略和基因。有时候，"寒"反而是一种成长的助推剂，犹如阳光、水分和空气。少了"寒"，反而会让许多人不舒服，觉得追求"高"没啥意思。说到底，这些人没有真正"寒"到心上，如果"寒"到心里，那才会真正理解和领会古人的感喟和哀叹。

人有智愚亲疏，事有轻重缓急，昼时有夏长冬短，地有平坦险阻。不管在什么时候，天时地利人和，才能达到事圆和事成。不明此理，处处碰壁和屡屡失败是人生必然结果。

因人废言，最终必言路堵塞；因事废言，最终必事业停滞不前。因私废公，最终必公私皆失。

企业失去平衡，就意味着组织系统各部分是分裂的，结构是松散的，基础是倾斜的，内外是不协调的，发展是畸形的，调整是不当的，失误是致命的……组织系统最终走向瓦解和毁灭，管理者不可不察、不可不慎!

作为一个人民公仆，要时时响应祖国的召唤、党的召唤，以满足和解决人民群众的呼唤为荣、为乐、为最大追求。如果一味只想自己的前途、官位、利益和小家庭，不作为、不内敛、不收手，难免不会被某些机关传唤……不听召唤，不理呼唤，最终被传唤，希望这不要成为一个官场新的“潜规则”！

一个人的财富有物质财富和精神财富之分。物质财富可以用金钱或数据来统计、评估、换算，精神财富却不能。精神财富的多少，既没有下限，又没有上限，是无法换算和换取的。故在追求财富时，要量化目标，物质财富适可而止，追求有限；精神财富可广揽厚积，追求无限。

精神财富的内容有：人生境界、善良品质、才能、思维能力、意志力、人格修养。任何一项，都是物质财富或金钱买不到的；但是，物质财富可以为精神财富增添幸福的空间和路径，延长成功快乐的时间。

站到巨人中间，可以学习到巨人的成才与成功之道。如果认为爬上巨人的肩膀，自己也是“巨人”了，那是自欺欺人。除了看到更远的一点风景外，什么也学不到，什么也收获不到。

一个国家的软实力主要来源于其文化、价值观和政策；一个人的软实力主要体现于其文化素质、信仰、意识和精神高度。

扶正祛邪、激浊扬清，应是我们每一个人的道德底线和行为准则。只有这样，才能达到古人所云“锄一害而众苗成，刑一恶而万民悦”的效果。

古人云：“逆水行舟，一篙不可放缓；滴水穿石，一滴不可弃滞。”说明一颗恒心，可以克服千难万阻，终致事成；还说明恒力须长久坚持，久久为功，不能松懈，否则有始无终，有行无成，必功亏一篑。

古人云：“倘筑太平基，请自厚俗始”，意思是，要想天下太平、国家根基稳固，每个人都应该遵守遵循乡规民约、政纪法规。在时下，不逾规，不越线、不碰底线、不触红线，是每一个干部、国家公职人员能够做“太平官”的基本保证。

一个人的实力有软、硬之分。硬实力指人的体貌特征、力量对比、官位等级、财富多少、贡献大小，软实力指人的品德品性、智慧能力、气节气质、忠勇仁爱、正义诚信、廉洁爱国等精神方面的无形的、难以量化的、非强制性力量范畴。硬实力可以体现一个人社会参与度和贡献度的大小；软实力可以体现一个人吸引、凝聚、感召、动员、说明、诱导、感染、共鸣、同化人心的水平与价值、能力与效果。

一个人的硬实力过“硬”，是立身之本；一个人的软实力过“硬”，是发展壮大之本。许多企业领袖和政界领袖具有这样的特质。

“坐而论道”有价值，“起而行之”则更重要。十次“坐而论道”，不如一次“起而行之”。时下，“论道者”不行道，“行道者”不论道，是个普遍现象，令人喜忧参半。

精神的快乐是用金子铸造的，是一种理想境界。它能使人无论是顺是逆、是上是下、是进是退，都一如既往，精神灿然，神态自然，情绪悠然，世事了然，人情肃然。

一个人只有接地气，才有发言的底气。尤其是企业管理者和国家公仆，不接地气，狂言滥语，指手划脚，一定会被下面的人讨厌、咒骂的。所谓“台上他讲，台下讲他”，是也。

看《庄子传》，有这样一个记载：惠施第一次与庄子见面，问感觉如何？庄子说：“今日自以为见到凤凰，而徒遭燕雀耳。”惠能并非等闲之辈，庄子却比之为“燕雀”，原因在于，庄子追求个人精神上的绝对自由，目标就是“终身不仕，以快吾志焉”。而惠能则以入仕为荣、为价值取向，这在庄子看来，是与“凤凰”称谓不相称的。这也是“志不同，不相为谋”的最好注脚。

苦难不是人生的负资产，艰辛不是未来的绊脚石，贫穷不是时代的底色。只要理想之火不灭、赤子之心不失、奋斗之志不移，人就可以超越平凡，走向不凡，成就非凡。

人生有味是清欢，人生无味是什么？是斗争后的疲倦？！是追逐后劳顿？！是角力后的辛酸？！还是冷漠下的无助？！无情下的孤寂？！失败下的颓废？！恐怕一百个人有一百个“无味”的感受。无论哪种“无味”，都是人生的败笔和无趣之处。

当你决定出发的时候，说明你已有了行动的打算，最困难的抉择阶段已经过去。人生同理，无论多难做的事情，只要你开始行动，一切障碍便都会自动让路、慢慢化解，最终把事情做好、完成。

俗话说：“将军额上能跑马，宰相肚里能撑船。”一个人如果有谦让、礼让、忍让、容让、承让的品性和本色，当官的一定会和人民群众关系融洽，当企业家的一定会和员工关系紧密，当普通百姓的，一定会和左邻右舍、乡里乡亲亲密相处。如此，整个社会就有了和谐的底蕴和和气的基础。

说到“让”字，古人留下了几个经典佳话：王泰让枣、孔融让梨、冯异让功、蔺相如让势、董笃让墙、张英让地、徐蔗让贤、曾国藩让位。看起来，“让”是实物和名利的付出，实际上，“让”是一种涵养和谦逊展示，是精神与美德的重大收获，是实物与金钱无法比拟的财富。

在求学与治学过程中，持之以恒与言之有故皆为箴言。持之以恒就是学者始终坚持自己的学术追求，体现学者的学术定力，即不为功名利禄所驱使、不为时风世风所动摇。言之有故就是言必有据、拒绝空谈。要做到言之有故，就必须对历史学说潜研细究，仔细推敲，不要信口开河、夸夸其谈。

一个人的良好形象来自于“自律”和“他律”。“自律”是自己约束、管控自己做到克己复礼、彬彬有礼；“他律”是指制度、流程、章法、家规等方面定制化的约束和管控。“自律”有维度，“他律”无弹性。但是要想维护好自身的形象，二者缺一不可。

一个人追求卓越和成功，是进取心的表现，也是值得赞美的一件好事。然而要弄明白，成功与卓越只是一个相对概念，如果稍有一点成就、稍有一点贡献就忘乎所以、猖狂得无以复加，那就与卓越和成功的初心背道而驰了。这种“卓越与成功”不要也罢。

古成语“邯郸学步”与“东施效颦”，讲的是两个故事，背后蕴含的哲理是一样的。邯郸学步，最后仿效学得连自己都不会走路了；东施效颦，最后仿效得让别人笑掉大牙。这些人都是在学习方面不从自身实际出发，生搬硬套，以致贻笑大方。在当下，类似这样的人大把，最后的结果是误国害民，让人笑不起来。

有人到处找靠山，企图通过靠山关照而升官发财、飞黄腾达。殊不知，靠山也是火山，一旦炽热地喷发出来，也会把你熔成“火山灰”，提前结束你的仕途路、发财梦。时下，许多高级领导人的秘书、下属、女婿被抓，充分印证了这个道理。

做事“到什么山上唱什么歌”，说明这个人善于灵活应变；做人却不能“到什么山上唱什么歌”“看什么人讲什么话”，圆滑周到、四处讨巧，最终因无实诚心而遭人怨恨、猜忌和唾弃，实不可取。

一个人如果能够把核心价值观做到内化于心、外化于行、教化于众、爱化于民，这个人是非常了不起的人，言而有形可学习，言而有行可点赞可追随。

一个人生活、工作在社会舞台上，应该秉持“心中装有国家的宏观战略，个人行动中拥有无限胆略，推进与落实上要有科学方略”“三略”态度与精神，才能利己利人

瞒天过海　　　　赵晓苏 漫画

利天下、成人成事成专家。

不读书，对于一个企业的高管人士来说，只会让其知识老化、思想僵化、能力退化、表率钝化、影响弱化，甚至还会衍生出作风腐化、决策盲目化等关联问题，害莫大焉。

人活一世，总是要有点精神追求的。莫因一时的舒适而放纵，莫因一时的富贵而疯癫，莫因一时的高位而忘形，莫因一时的名利而狂躁；更莫因小我的得失而纠结，莫因小我的荣辱而自欺，莫因小我的成败而颓废，莫因小我的福祸而仇视这个世界和这个世界里的人。

麻布袋子空了，便立不起来；人空了，事业便立不起来。事业立不起来，家庭便立不起来，人生幸福的渠道便堵塞了。

人心换人心，玛瑙兑黄金。作为企业管理者，不妨经常问一问自己，员工愿意跟你往前冲吗？这种“愿意”的力量，就是人心互换的结果见证。将心比心，以心换心，关爱就像火种一样，必将点燃人心，汇聚起众人拾柴的巨大向心力。

没有唾手可得的成功，没有一帆风顺的事业。我们每一个人真正需要关注和计较的，不是我们所面临的境况，而是我们的心志；不是我们的起点、资源和禀赋，而是我们的定力和韧性。志向高远，久久为功，那我们一定能够取得事业的成功。

目前，中国的许多产品呈山寨化、同质化的趋势，我认为，这与原始创新越来越低端化、功利化、惰性化有关。长此下去，“制造强国”和“智造大国”的梦想就会落空；走出国门，有全球影响力的中国产品就会越来越少，这种现象值得国人警惕。

绿水青山就是金山银山。以牺牲环境为代价来搞政绩、提高GDP的愚蠢做法依然在一些地方大行其道，究其原因，不是政府官员不知道危害，也不是老百姓要从中得利，而是有些地方太穷，实在找不到一点政策扶持项目、区位优势、资源优势，没有办法，只能“饮鸩止渴”。真是又可怜又可叹又可弹！

每一个人要像保护眼睛一样保护生态环境，像对待生命一样对待生态环境，秉持“先利环境后利己”的理念，这样才能将“青山”变为“金山”，才有可持续发展的根基和资本。

实事求是是人生的一种态度和精神；无论求学、治学、创业、谋事、做人，都要以实事求是为底色和出发点。否则，就容易给人留下一个“假、大、空”和“浮、快、急”的人生印象，最终损失最大的还是自己。

要把实事求是的精神发扬光大、传承到底，就必须去掉“唯上、唯书、唯己”观念，因为对这“三唯”信任、依赖过度，实事求是的精神就会偏离走样或误入歧途。例如时下一些人“实事求是搞假，认认真真务虚”，便是立此存照！

在企业中，邀功的人不少，诿过的人也不少。说明企业文化的张力不够，主导员工价值观的力量缺失，应该迅速弥补上这一课，才能消除“邀功诿过”的人和事。

古人云：“仰高者不可忽其下，瞻前者不可忽其后”。今天读之，仍然振聋发聩，催人警醒。“高”与“下”“前”与“后”，是一种相依相存、互为因果的关系。既然“仰高”“瞻前”，绝不可忽视“下面的因素”“后面的情况”，否则，“下”有搅局者，致使你

“仰高”一脚踏空，落得个人仰马翻的下场；“后”有放冷箭者，致使你“瞻前”忘了后顾之忧，冷箭射来，落得个“出师未捷身先死”的悲剧。古人讲的道理非常深刻，不能不听啊！

今天是“五一”劳动节，我认为：劳动能够激发人的潜能，它不仅是改变个人境遇的唯一要素，也是改变世界的一种力量。通过劳动，我们收获满足感、快乐感、尊严感，而这些又让我们挣脱了物质的枷锁，拥有丰盈的精神世界。

热爱劳动的精神，是人类精神的原色，是人类存在的保证，是人类追求和向往真善美的具体行动体现。

最耗时耗力的劳动是脑力劳动，高成本投入，低产出收获，所以我有时宁愿干一天体力活，也不愿意坐在桌前写半天的稿子。

民间有句谚语：“不骑马，不骑牛，骑着毛驴坐中游”，说的是有些人不争先，不努力，安于现状，不紧不慢，优哉游哉。这种人在企业中很多，它的成因很复杂，与管理上失之于软、失之于宽也有很大关系。要摒弃这种

“甘居中游”的心态和行为，必须从实问效、从严问责、从快追责。

清朝李鸿章有一副对联，耐人寻味：“享清福不在为官，只要囊有银，仓有粟，腹有诗，便是山中宰相；祈大年无须服药，只要体无疾，心无忧，门无债主，可为地上神仙。”李鸿章道出了幸福的“秘籍”和“为官”的“不能图轻松”心思。

引进人才是时下各企业、各城市为提升竞争力而普遍使用的招数。我认为，引才的关键是引心。首在知心，贵在诚心，重在用心，恒在不起疑心，让人放心放手地去干。缺乏了这几点，引进的人才最终就是摆设。

西周时期，周公姬旦礼贤下士，殷切求才。在洗头或吃饭时，听说有贤士来见，便把湿漉漉的头发扎起来，将吃进嘴里的饭吐出来，赶忙去接待，唯恐因怠慢而失去人才。“周公吐哺，天下归心”，被传为千古佳话。类似招贤若渴的还有刘备“三顾茅庐”；诚意和真情，加上快捷的反应，是感动人才、招用人才最基本的行为。

古人在谈到为人处事的尺度时，曾说到一个词：“外圆内方”。我认为，这是一个比较好的为人处事的通俗、适用做法。时下，只是“外圆内圆”的人太多，改变了“游戏规则”，使“外圆内方”的人处境越来越艰难；而“外方内方”的人又因“缺陷”太分明，不被领导看好，不被同事欣赏，也打不成一片，更加孤立无援，行吊影单，成了“外圆内方”人的恐惧暗示。故坚持原则、处事又圆通的人越来越稀缺。

一个人如果能够做到不受虚言、不听浮术、不采华名、不兴伪事，不取不义之财，可以断定，他（她）基本上具备了老实人的高洁素质特征，甚至可以说，他（她）就是老实人。

《孙子兵法》本义上是研究行军打仗、用兵取胜的哲学。但其基本原则、基本原理也适合现代企业管理。道理相通：兵法旨在取胜，管理的要义也在克服困难、解决矛盾、排除障碍、获得成功。熟读《孙子兵法》的人，必精通于企业管理。

《庄子》里有一则“鹏与斥鴳”的故事，讽刺那些拒绝崇高、甘于平庸的人，目光短浅，安于现状，没有鲲鹏哪种绝云气、负青天的本领，最终难免没落在蓬蒿灌丛间。现实中，这种“斥鷃”很多，说白点，是物质利己和急功近利的思想作怪，自甘堕落在“蓬蒿灌丛”中不能自拔。

有的人拥有孔武的身躯，却缺少挺拔的灵魂，没有充实的精神世界，更无踏踏实实的实践行动，最后任由平庸世故缠身、颓废麻木入侵、懦弱懒惰随形，一生碌碌无为、平平淡淡。

崇高的追求，向上向善的信念，是一个国家和民族的精神脊梁，也是一个人立身处世的主心骨，还是留给后人的一笔宝贵的精神财富。

在一个企业系统内，领导不在乎你有多能，而在乎你多干。所谓“能干”，其实就是衡量你“干的能量”到底有多少、持续的时间有多长。

司马迁曰：“究天人之际，通古今之变，成一家之言。”我认为，这是站在历史角度，审视天与人、古与今和自我关系的一种大文明观、大历史观。鼓励人们探究这种现实与自然、古代与现代的人类文明交往和传承的内在规律，以促进人与世间万物和谐共处。

党的十八届五中全会（2015年10月30日公布）公报提出，要把发展大数据作为一项国家发展战略去部署实施，令人耳目一新。到底什么是大数据？所谓大数据，是指随着移动互联、社交媒体、物联网、云计算、人工智能等数据技术的迅速发展和深入运用，出现的海量、多样和即时的数据，以及基于对这些数据的分析而采取的决策和行动。是创新发展的基础条件和必备工具。

大数据的到来，将给我们的生活带来怎样的改变？我认为有利有弊，利大于弊。有利的是改变了个人选择、企业管理、社会管理和政府治理的模式和未来趋势；不利的是数据的“私密性”一旦让坏人利用，每一个人的隐私便大白于天下，引起各种纷争和袭扰，家庭和社会和谐稳定局面就会受到影响。

古人云：“一心可以丧邦，一心可以兴邦，只在公私之间尔。”在公与私面前，一个人做出抉择并不容易。公与私也是一场持久战：如果意志不坚，“私”就会无限放大，大得没有边际；“公”则无限缩小，小到难觅踪迹。

《礼记·礼运》中讲：“大道之行也，天下为公。”伟大领袖毛泽东同志堪称大公无私的榜样，他给自己定下三条原则：恋亲，但不为亲徇私；念旧，但不为旧谋利；济亲，但不以公济私。

政在去私，管在去懈，教在去躁，商在去假，富在去奢，穷在去颓，得在去狂，失在去虑，高在去胆，低在去悲，成在去骄，败在去怨。这是我归纳的人生十二个“去”字，不知读者是否有“同感”？

今日得知一位在部队官至正团的朋友因涉腐被免职，甚为惋惜。该朋友因成为首长乘龙快婿而平步青云，后帮“首长”做事难免“湿鞋”。东窗事发，老婆及岳父、岳母全“进去”问话了。如果是别人出事，我也就不好说三道四了，而这位朋友走向人生“对立面”，我十分吃惊，他从“赤脚”到“皮鞋”、从破落子弟到“乘龙快婿”、从士兵到团长、从“三餐不饱”到锦衣玉食，十几年间，一个人要经受怎样的心态变化和财色诱惑啊！人生是何等的波澜壮阔和跌宕起伏啊！我为他惋惜啊！大好前程，毁于一旦，官位易得，心性难平啊！人生经历没有第二次复制的可能和机会。

要说这个朋友涉腐被免，是因为个人身不由己、裙带关系害人等因素造成的，那么我又想起我另外一位被抓

礼仪之邦

赵晓苏 漫画

的战友，他官至师职，去年被军纪委“双规”（至今也未最后判刑），他非“乘龙快婿”，也非“赤脚上田”、经济艰难，而最后殊途同归，这不得不让人思考：国家体制、军队机制、各级监督体系、纪检流程、法规约束等方面是否需要检讨和反思、梳理与重建、审视与编排？！为什么那么多人“前赴后继”去涉腐贪腐？尤其是军队本应是纪律严明、军纪如山、执行特严的战斗单位，近几年频频出现高级军官贪腐新闻，更不可思议，觉得根本不可能发生，可现实偏偏不断发生这样的丑闻。当然，对于腐败行为，实施壮士断腕、刮骨疗毒的做法是值得肯定和赞扬的，但问题的关键是如何在源头上堵住高级干部“以身犯险”的机会和漏洞，减少几率、概率，加大“犯险”的成本付出，这才是时下当务之急、重中之重。

最近看到一篇文章，是河北省原省委书记周本顺写的，他有一句话很经典：“与人为善必自善，与人为恶必自恶。”可是，他说这句话不久，便落马了。想必是予善不够，予恶够多，才有此下场。一个人如果能够做到言行一致，知行合一，内外合一，可能不会出现这种悲剧性结局。

愚公移山虽“愚”，但愚在有精神、有行动，实干总会有收获；智叟虽“智”，但“智”在偷懒、轻松、取巧上，最后，“智”不产物，一无所获。

今日给酒店高职管理者授课，授课内容是“心智营销”。许多人做管理做营销，要么有心而无智，要么有智而不用心，致使企业局面日渐式微，最后形成一种“冷水煮青蛙”（慢慢烫死）的悲剧。

心智营销不是跟顾客（消费者）斗心斗智，而是了解、摸清顾客（消费者）心思，诱导、理清并顺延顾客（消费者）的智慧路径，挑动其购买欲望，刺激其消费冲动，满足其消费行动的过程，这些过程做到位了，就是成功的心智营销案例。

今天见到了履新南海舰队政治部副主任的战斗英雄杨志亮，我与他三十年来联系一直未断，他尽管即将授勋少将，但依旧谦恭、内敛，一副儒雅学者风范，令我更加肃然起敬。这要是换成有些人，可能早就踌躇满志、意气风发、颐指气使了。有感于此，我想起了一句名言：“越是成熟的麦子，头低得越贴近大地。”

前两天，我把第六本书的书稿寄到了北京光明日报出版社，书名暂定为《人性冲突》。一年多的查找资料、博览群书、辛苦地撰写文稿，工夫总算没有白费。有耕耘就有收获，有努力就有收成。

今天收到中国散文学会寄来的获奖喜讯，我的一篇散文《美德遗产与精神存折》获2015年“中华情”全国诗歌散文联赛金奖，并邀请我参加在钓鱼台国宾馆举行的颁奖典礼。我想，我充其量只是一个写作爱好者，殊荣愧不敢当，闪光灯下的荣耀就让给别人吧！

2015年是我精神收获最为丰硕的一年。年初出版的散文集《故梦》被国家图书馆、北京大学、清华大学、中山大学、暨南大学、湖北大学、湖北省图书馆、广东省图书馆、厦门大学、浙江大学、家乡麻城市图书馆等单位先后收藏（有的还收藏了《情系大别山》、《倒嚼》两本著作），这是一种无上光荣、功德圆满的事情；不仅为中国的文化建设出了力，而且为宣传故乡、讴歌家乡勤劳、淳朴的山区农民，尽了一个作家的责任和义务，无愧于养我的父老乡亲，无愧于这个繁荣的时代。若干年后，我的子子孙孙们都可以在历史的烟云中和空间里找到爷爷、祖爷爷的足迹和身影，寻觅到思想的主旨和精华，吸取智慧的营养，这又是一份多么珍贵的遗产和精神食粮啊！

2015年年尾，我又将出版《人性冲突》一书，它又属于精神传世之作。文章内容溯古追今，引经据典，说理论证，纵横捭阖，文字精练，文风朴实，此书必将又会被各大院校和社会图书机构来函索求收藏，这又将是一件光耀祖先和门楣、惠及子孙、荣至后人的大善事、大喜事。人生“三不朽”，立德为首要，立言为重要，立功为次要。

骄气与娇气都是人生的“废气”。骄而生傲，骄而生狂，不可一世，飞扬跋扈，助长了社会浮夸之风；娇而恃贵，娇而生惰，贪图享受，养尊处优，坐吃山空，容易使社会滋生不劳而获的习气。两者相生，堵住了幸福生活的源头。

“忘我”是一种精神，更是一种境界。一个人如果总是带有个人的功利目在干事，则难免急功近利，以致心态失常，行为失度，动作走样，欲速则不达；如果盯着责任干事，心无旁骛，则会专心致志于事业，把事情做到极致。

人生有许多选择，常常阴差阳错、歪打正着。以我自己来说，1989年初我有四个选择：进入广州市当一个市民、进京当一个记者、回部队当一个新闻干事，调广州军区政治部政研室当一名政研员。最后权衡再三，选择了进入广州这个繁华大都市中扎根、安家、发展。假如进京，可能当上了报社处级编辑；假如回老部队，可能当了宣传科长或政治处主任，甚至官至团职、副师也未定；假如调到广州军区政研室，当了主任，军衔至上校、大校……关键是，人生中从来没有假设。现在当一个小市民，坚守一个普通人的信念信仰，也觉得是一个正确的选择。万物皆有生长定律，人也是一样，此消彼长，我没有当成京官、高级军官、权威学者，却自得其乐，畅游在书山学海中，著书立说，把纯正的思想、主流价值观和正能量传于今人和后人，也算是造福于民、感化于人的一件功德圆满的事。

一个国家的发展有“局”有“势”，一个人的成长也有“局”有“势”。靠什么洞察和分析“局”与“势”？！靠什么把握和驾驭“局”与“势”？！站在国家层面上说，是前瞻性、敏锐、嗅觉和政策制定的维度、法规的完善程度。站在个人层面上说，是个人的学习与实践能力的考验，是调查研究和分析抉择能力的挑战。静心学习，用心思考，方能处一隅而谋大局，偏一方而谋大势。

我一直认为，人生就是一个不断谋势蓄势的过程，只有“势”到了一定“火候”，就像背石上山，尔后再从万仞之上滚下石头，才能形成大势态、大变动、大格局、大发展。

党的干部与人民群众本来是“鱼水关系”。但时下却有“油水关系”的趋向。有些党员干部为群众办一件事不是以解决群众实际困难为出发点，而是衡量个人从中可以捞取什么好处（油水）、讨得什么样的政绩。如果没有油水、不显政绩，就懈怠不作为或拖沓应付。我经常去政府部门替企业办事，见惯了这种“油水关系”。只能“油中点火”，高声发一通脾气，惊动该部门领导出面调停，事情往往就圆满而顺利地解决了。

一个党员干部有一身正气、骨气和硬气，就可以抵制各种“糖衣炮弹”的诱惑；有知足、知耻、知畏的勇气和底气，就可以给“精神大坝”再加一道保障防线。到60岁，“安全着陆”“全身而退”就不是难事。

人可以没架子，但不能没样子；可以没胆子，但不能没胆气；可以没“路子”，但不能没“法子”；可以没“面子”，但不能没“里子”。

有些下级对上级领导惯用的一招就是“思想按摩”“精神催眠”“言语贿赂”，把领导搞得晕晕乎乎、晕头转向的，最后从中捞取个人好处，其实，是加害了领导，误导了自己。

时下有些干部信奉“生命在于运动，当官在于活动”这一套“秘诀”，干起了跑官要官买官的“务实活”，结果手头的工作做不好，反而被“提拔”了，这种现象是一时的，不可能是永远的。所谓“提钱进步”“跑部钱进”，已引起中央的高度关注和着手整治，相信不久便会销声匿迹。

古人云：“知足不辱，知止不殆，可以长久。”在今天，不知足不知止，使许多人不能“光荣退休”、不能“平安着陆”、不能“颐养天年”。我所在的上级集团广晟公司总经理钟金松因不知足不知止在监狱写了首悔恨的诗并见诸报端：“看见月饼泪直流，曾经风光不满足，糊涂贪心把钱收，月圆之夜无自由。”这个教训值得许多人警思。

今年为企业的事几次上法庭，每一次去法庭都有不同的体悟。法庭是个神圣的地方，是履行国家宪法和法规的殿堂。不容私、不挟私、不偏袒、不偏执，应该成为法官最基本的执法与判决底线。可惜的是，现实与我想象的有一些反差，法官有时法外留情，有时又法内不为，说明法官队伍的素质和业务建设的确亟待提升和加强。

上个月给广东省旅控集团撰写《职能部门战略规划与建议》，得到了不错的评价。这个月任务又布置下来了，要我撰写《旅控集团对外对内公共关系规划纲要》。被别人信任欣赏和选用调用、下达任务，哪怕个人有多辛苦，也是开心的一件事情。

昨天花了一整天时间撰写完《广东省旅控集团公共关系规划纲要》，洋洋洒洒四、五千字，八、九个分目录，因无任何可参考的模板，只能把自己的理想加上原先的公关经验糅合掺杂进来，合不合乎集团公司的“胃口”，见仁见智，只能让“布置作业”的人去权衡、修正和完善了。

“人人有事做”与“事事有人做”，虽然字数相等，也比较对称，但细细分析起来、效果却不大相同。人人有事做，站的角度是以人观事，更关注的是个人价值实现和生活充实的程度，而忽视了事做的效果好不好；事事有人做，站的角度是以事定人，强调的是目标导向，追求的工作质量与效率。一个单位（企业）中，要提倡“事事有人做”，且做到专业、极致，那这个单位（企业）就会少了许多扯皮、糊弄、诿过的现象。

上下级之间相处是一门很大的学问。我认为，应提倡合规合纪的相处之道、合情合理的相处之术，对上从道不从上、唯实不唯上、服从不盲从、跟理不跟人；对下护人不护短、关爱不溺爱、呵护不袒护、靠团队不靠团伙。

在这个世界上，没有骤然而至的胜利，也没有轻易渡过的难关。点点滴滴的努力，日复一日的坚持，先难后易、积少成多的攻坚，都是靠近胜利、跨越难关的方法。

人生没有一点努力是会白白丢失的，更不会是多余的。在我们看不见想不到的时候，在我们看不见想不到的地方，时常有努力的种子生根发芽甚至开花结果。不要对任何努力产生怀疑、踯躅，更不能停顿、中止；否则，半途而废、前功尽弃的结果又会卷土重来。

这两天又把旅控集团交给的《新闻发言人制度规划》和《开展公文、新闻稿撰写培训计划方案》撰写完毕，稍为舒缓了一口气。洋洋洒洒几千字，又耗费了不少心思。一件事情在心头，没有去做，总觉得像块大石头倒挂在心头，做了就轻松了。

有忘恩负义的人刻意陷害、打压恩人，其实，他非本意，只是碍于恩人对自己的底细掌握得一清二楚，不方便今后呼风唤雨、趾高气扬。觉得自己落魄时的人生被人看到总不是一件痛快的事或什么好事，因此想方设法挤走、撵跑见证人（恩人），也是他企图保持自尊的本能反应行为之一。

我还见过，帮的愈多的人，怨气也越大，为什么？因为在帮他的过程中，你不免会指责他几句、批评他几下，结果，帮他的事他忘了，指责和批评他的事他记下了，愤懑之气长期积于胸中，故有“越帮怨气越大”的结果。其实，他不知道，你在帮助他的过程中，指责和批评他几句，无非就是希望他改正为人处事的态度，少走弯路，少碰壁，尽快成功，从而避免他少找自己的麻烦，但是，越怕麻烦，麻烦就真的越多，以至哀怨、仇视的麻烦也来了，真是助人不当，反受其害，真不应该！

有一个人一而再再而三地负我、失信于我，我免不了

警　示　　　　赵晓苏 漫画

每次见面一顿猛剋他。之后，他干脆躲我而远之。我想，牺牲我和他的友情，如果能够换来他的醒悟，换来他对所有朋友的实诚与真心，是值得的！怕就怕他待别人故伎重演，虚情假意，利用完别人后当成“破抹布”一样扔掉，根本不管你是恩人还是一般朋友关系，那我做出的牺牲和努力就太没有价值啦！

当今许多局长真是“局长”，他们满足于“设局”“布局”“饭局”“赌局”之中，最后结果当然是“迷局”“困局”“残局”“败局”的出现。

党性要靠涵养，心性要靠砥砺，德性要靠滋润，人性要靠淬炼。

在一个单位里，常有“好汉费力不讨好，懒汉讨好不费力”的现象。例如有的人一身正气，敢闯敢干，敢于抵制各种歪风邪气，但由于干的多失误也相对多些，每逢提拔推荐时都有不少反对票，最终落选或推荐到“近乎养老”的部门打发时光。而另有一些人，本职工作马马虎虎，见人嘻嘻哈哈极尽客套，讨巧又讨好，结果推荐时“票数很高”，很快得到提拔重用，这种现象不纠正，今后恐怕没有人去卖力干活了。

毛毛虫可以变成蝴蝶，但鸭子永远飞不到天鹅的高度。这不是什么哲理话，这是由基因规律决定的。

做人不能只看到别人脸上的黑，看不到自己脸上的灰。时时用清水揩抹去自己脸上的“灰”，再去帮别人洗尽脸上的“黑”，才是沧桑正道。

大国崛起，不仅是物质的富裕与充盈，更应是精神的富足与超然豁达。没有精神的富足与超然豁达，物质的富裕度再多再厚再广，也难以长久地支撑大国持续地崛起与兴旺的。

有的人“把领导的表情当成自己的心情，把领导嗜好当成自己的爱好”，结果迷失了自己，甚至走向自己的反面，这种追求误人不少。

孙子兵法曰：“方则止，圆则行”，说明方是坚持、静止的指向，圆是灵活、运动的指向。很多人喜欢用“方、圆”来说人说话处事的摹状，共得出几种类型的人格和人型：A、外圆内方，B、外方内圆，C、外方内方，D、外圆内圆等；用这种办法来甄别和区分一些复杂多变的人性，还真有大道似简、化繁为简的意味。

说到“方、圆”，我认为做人处事应该做到这样才比较恰当：思方行圆、外圆内方、道方述圆、情圆理方，管事要方、管人要圆。追求理想要方，分配利益要圆。

20世纪九十年代，我在海洋旅行社担任总经理。在制作名片时，出于宣传需要，加之第六感官判定，我在名片后面写了这样一段话：“当陆地上的资源越来越贫乏枯竭的时候，人们自然会把探求的目光投向那浩瀚富有的海洋。21世纪，海洋的世纪！21世纪，海洋之争！”没想到，一语成谶，21世纪仅过去了15年，中国真的就面临着几处海洋国土之争：钓鱼岛、南沙群岛……充分说明我的判定是对的，国人的海洋国土意识的确该加强和提升了，绝不能让一些山穷水尽、觊觎我海洋国土的国家，抢占和争夺我海洋资源。

爱国就要忧国，忧国就要护国。护国靠什么？当然是智慧和力量，挫败别国阴谋和避免算计靠智慧，发展强大靠众志成城、凝心聚力的力量。空谈销蚀只会误国，空言分散力量，误人。

昨天听王吉鹏先生讲课，谈到“想办法”时，他说“想与办是两个方面的内容，先想后办，想到了，就能办成，这就是想办法的真正主旨”。听课者都认同这一说法。我认为，这跟“只有想不到，没有办不到”的说法如出一辙，关键是后面的“法”，想法再好、办法再多，“法”要落地成为真正有实效的行动，方式、策略、技巧、时机还必须有所讲究和适宜。

竞合力靠商誉，服务力靠素质，亲和力靠文化，执行力靠团队，人格魅力靠修行，效用力靠协同。

优良的服务源于专业的质素，成功的人生来自勤勉的奋斗。

不卑不亢，不即不离，是人与人打交道的最佳把握与契合距离。

作为一个下属，用心体验每一次信任的感觉，以情报答每一个帮助的机会，是一个人难得的品质与忠诚情怀。

专业、敬业，才会成就事业；学识、胆识，可以弥补知识。

学而优则仕，但仕以廉为荣。一个人深知荣辱的重要，才能入仕入世。

得失相间，祸福反转，谁也无法预料；但以失为得，定会否极泰来，平安“着陆”，光荣退休退岗。

在一个岗位上，到位不越位，遵规不逾规，做事不说事，勤勉不强勉，精干不蛮干，醒目不盲目，服从不盲从，合作不做作，团结不纠结，认真不较真，落力不耗力，引导不误导，养心不伤心、爱护不袒护、指挥不指点、帮助不乱助、批评不滥评、补台不拆台、抬轿不戳轿、施压不打压、带动不盲动、支持不自持。做到了上面这些，必定是一个受人尊重、领导喜欢的员工。

我觉得，每一个人在工作中，可以形成“高、中、低”三个优秀生存模式，即：“高度乐观，中庸入俗，低调行事。”这样，工作起来一定会无大的阻碍和羁绊，顺风顺水，融洽快乐。

每一个人应做到“一日三省”：反省有无亏心、反省有无损人、反省有无怠事。能够做到的话，每天繁重的工作和贫乏的生活，就是一种高尚的修行、修炼，仿如凤凰涅槃一样。

我常对儿子说："一屋不扫，何以扫天下？！欲做大事，先做小事、实事、善事、美事。小事做不好，大事做不了；实事做不成，大事实难成；善事不愿做，大事缺帮手；美事不多做，大事多遇阻。"儿子领悟很快，今年大学毕业，现在在杭州一家公司工作，业务上手很快，不到一年时间，就成了公司的销售冠军，并当上了销售主管，拿的工资比我还多，"青出于蓝而胜于蓝"啊！但愿他的这种干事劲头和精神保持到永远。

下面这首"六不歌"是我2006年发表在第一本著作《知本时代 方略制胜》中的名言，今天读来，依然有醍醐灌顶的功效："不贪财，贪财必累心，累心是百病之因；不恋物，恋物易丧志，丧志则一事无成；不嗜色，嗜色必伤神，伤神则力耗祸生；不盲从，盲从失自尊，失自尊则失自信；不附庸，附庸必屈己才，屈才则窝囊透顶；不自满，自满无谦恭，倨傲无谦生狂妄。"时隔十年之后，我觉得有必要再加上两条，"不放纵，放纵必惹祸，惹祸则伤筋动骨；不任性，任性必骄奢，骄奢易埋下祸根苦根"，就教于诸位。

广州兴悦酒家老板、香港人刘伟良先生曾写给我一个纸条，上面有一句话，是这样说的："我与我无关，我在我局外”，仔细琢磨，非常有内涵、有深度。一个人如果能够做到不以自我为自我，不以局限为局限，悟透人生本质，超然物质羁绊之外，那真是一个潇洒脱俗、从容淡定的人。刘先生用这种境界经营他的餐饮王国，生意持续红火，收获到了意想不到的业绩和效果。旁人羡慕，不明就里，只有我窥探和悟透他的经营哲学。

“我与我无关”，就撇开了自私的想法，在经营中就不会干出以次充优、缺斤少两、坑蒙拐骗的利己勾当，一切以与别人有关的事为重，尊重消费者、尊重市场规律。“我在我局外”，看似在做生意，实则在做“心意”，跳到局外人位置上，就会知道怎么把握和贴近消费者的心态、心智，做好出品和服务工作。以局外人的眼光和要求打理生意，满足“局内”顾客的心意，这是他餐馆顾客盈门的成功秘籍。

眼观天下不如心观天下。要像范仲淹老先生那样，心系百姓乐忧和安危，以天下为己任并以此观之为追求，而不是过眼观之即形成过眼云烟，任其飘散，不理不闻；看似眼界很宽，实则心无一物、行无一处。

一个人事业的成功主要归功于做人的成功；当然，做事的专业专注那是必须具备的一种底蕴和素质。而一个人做人的成功离不开不停地学习和对生活不断地开悟，用成功人士的精神和气质时时磨砺和纯化自己。

上午广东省旅游控股集团公司的领导约见我，了解我个人的基本情况，拟在集团重组过程中调整使用干部时提拔启用。我珍惜眼前这次机会，也愿意贡献才智，但是如果叫我低三下四去乞讨“官位官职”，我也不会答应。便对谈话领导最后讲了一句这样的话：“有能力有德性去开创人生的局面和价值，没有脸面恳求组织施舍好的位置和官衔，更不会去送礼乞求官位了。”

人在事业上有成就、有开拓、有巅峰状态，我认为这是第一价值观体现；殊不知，人生还有第二价值观；第二价值观就是精神上有追求、有高度、有饱满度。第一价值观实现不了，在第二价值观方面有耕耘，有收获，也算是一种成功和价值凸现。

第一价值观能够得到完美的体现、呈现、展现，第二价值观依然能够孜孜以求、不懈追求，这种人在当今依然很多；例如有些洁身自爱的高官、白手兴家的大企业家、功成名就的科学家、历经磨难、初心不改的社会精英……

金招牌　　赵晓苏 漫画

他（她）们都是“双价值观”的追求者、收获者，令人钦佩，值得尊重和崇拜！

除了第一、第二价值外，有无第三价值观呢？！我认为，是有的。人在漫长一生中，把事业立起来是第一价值观；把精神和品质立起来并传脉给子女，是第二价值观；这两种价值观都是自己通过努力付出而得到的巨大价值回报。而第三价值则应该在“个人实现了得到”之后该如何回报、回馈社会方面的行为态度写照或贡献、奉献比照，一个富人不能只顾自己在物质和精神上收获和享受，不问不理芸芸众生的死活。所以第三价值观就是在实现了第一、第二价值观之后，愿意主动承担社会责任，愿意付出善念与爱心，先自利而后利人。世界上许多大企业家成功地转型为大慈善家，正是这种价值的证明。其实，第三种价值观是第一、第二种价值观的淬火升华与超越，是世界上最耀眼的光芒，最温暖人心的善行与壮举。

衡量一个人的人品，不要看他（她）第一价值观的凸现与耀眼，也不要看他（她）第二价值观的宏远与高尚，关键要看他（她）第三价值观的落地与践行。只有在社会最底层的民众中传播爱心和善行的人，才是真正的人品可贵。那些热衷与某一特定阶层、某些利益集团“联合”上演“慈善秀”的人，人品是恶劣的，人性是丑陋的，他们最终不会有善报的，迟早会被时代唾弃。

经常在报纸上看到“某某企业赈灾捐款数字不符，甚至最后拖得不了了之”的消息，这是该企业老板无良人品的反映，千万不要以为他是“第三价值观缺失”，他的境界和作为与“第三价值观”根本搭不上一点边。他虽然第一价值观实现了，第二价值观可能也很完美，但最终结果说明那都是“变形”和扭曲的价值观，是令人不屑一顾甚至是值得唾弃的。长此下去，他（她）孤心苦诣所追求的“第一价值观”“第二价值观”，迟早会昙花一现，葬送他（她）的奋斗人生的。

西汉学者戴圣有句名言：“知不足，然后能自反也；知困，然后能自强也”。自省与自强，是一个人睿智的表现，是一个人“马太效应”（有优势越容易形成新的优势）发生的契机。把控得好，人生就会平顺、丰盈、优渥。

一个人如果匍匐在法律的模糊地带，觊觎财富与成功，他（她）根本不可能崛起为时代的强者，还有可能沦为时代的弃儿或犯罪分子。所谓“企业家原罪”，我认为，大都是从这种特定行为中引申定义出来的。

最可怕的是堕落，是价值的堕落；最可贵的坚守，是良心的坚守；最无耻的沦陷，是精神的沦陷，最光荣的许诺，是诚信的许诺；最无形的游离，是信念的游离；最有形的语言，是行动的语言。

步步高升不如步步高兴，不高升也高兴是一种气度与胸怀；一般人做不到，做到了就不是一般人。

忠诚度与灵活度不能兼顾；忠诚度高的人不能灵活，灵活度高的人必做不到忠诚。

热心政治的人未必政治觉悟高，专门挤进文化殿堂的人未必文化素质高，潜心钻研经济课题的人未必经济状况好。个人初衷与事实结果有时并不一致；结果可以修正理想的单纯；想法可以通过努力变得实际和有型。

穷人与富人的区别：穷人花时间去挣钱，富人花钱去打发时间。这个世界矛盾与斗争的根本焦点是：穷人想变为富人，富人不想变回穷人，因此矛盾不断、斗争升级，以至内乱、战火纷飞。

官品（官的等级）是一张纸决定的，人品（人的品德）是一辈子谨言慎行修炼出来的。官品可以买或搞假得到，人品却不能。

在一个组织系统内，有些人，以斗争的形式求团结；有些人，以团结的幌子搞斗争；还有些人，以团结的勇气搞分裂，以斗争的残酷搞团结。识得了这些人的本性本质，共事起来就不那么艰难了。

人生有视角。视角度不同，待人处事的态度与方法也不同。有些人当了大官，成了大富。因为视角度宽泛了许多，因而把原先的一些患难与共的兄弟丢弃或不经意忽视、淡忘了，也就不足为怪了。也有些人生活在社会底层，因为视角度偏窄，因而更加自卑、自闭，不愿意与人交往、交流，最后郁闷、郁郁寡欢甚至埋天怨地、愤世嫉俗也大有人在，这也不必大惊小怪；眼界决定世界，视角度决定人生维度与宽度。

汉朝人刘向说："高山之巅无美木，伤于多阳也；大树之下无美草，伤于多阴也。"过阳过阴都会带来负面作用和负面能量。做人不必要求以做到完美无缺为目标，做事不必要求以事事抢先为目标。适当留点缺陷和空隙让别人弥补和发挥一下，这个世界就会很和谐、很稳定。一人独步，天下存忧；一人独裁，天下危矣！

如果认为自己是个低手，把事做好了就成功了；如果认为自己是个中手，把人做好了就成功了；如果认为自己是个高手，把低手和中手拢在一起就成功了。其实，高手在于蓄势谋势发势，中手在于识人用人做人，低手在于知事行事做事。

我一向认为：以德示人，以才助人，以情感人，以利利人，以量度人，以理服人，以善待人，以智达人，是人生的最大追求；也是做人做事的最高境界。

人心就是一杆秤。谁处事奸猾，谁处事敦厚实在，一眼便看得出来。处世奸猾者有时看似处事滴水不漏，实则圆滑世故；有时看似和气周到，不得罪任何人，实则趋利避害、精明过头。憨厚人真诚率直，不为己利，不违良心，不工于心计，因此总给人留下不灵活、呆板、守旧的直观看法。

尽量远离时刻携带和散发消极能量和负面情绪的人，尽量接近和深交身上总是散发正能量和乐观情绪的人。两种不同的人，除带给你的感受不同外，负面情绪给你最危险的影响是人生方向上的偏差和职业上的懈怠、人际关系上的猜疑、哀怨。

挫折也是转折的机会。一个人一生不可能总是那么平顺，遭遇挫折、曲折甚至更大的打击、打压，只要精神不垮、意志不失、雄心不减，就一定能将挫折变为转折的机会，就一定能将曲折变成让人折服的理由。

商场以诚信为贵，事业以振兴为荣；处世以淡然为本，做人以无求为乐！这是我写在工作笔记本扉页的话。

行云很潇洒，因为它从不考虑风向；流水很潇洒，因为它只是就了地势；花木很潇洒，因为它回应了季节；秋雨很潇洒，因为它兑现了秋风的期许。

聪明的人先谋势、后谋利；愚蠢的人只想谋利，不谋势、不蓄势。高手的做法是：谋大势，得大利；中手的做法是：一边谋势，一边谋利；低手的做法是：不谋势，只谋利或者是既不谋势也不谋利；只谋势不谋利的人在当今社会是没有的。

罗贯中的《三国演义》，自幼至今我看了六遍。每次看都有不同的感悟。曹操重“道”而不太重“术”，孙权重“术”而不太重“道”，诸葛亮是两者兼顾，既重“术”也重“道”，但最后顾此失彼了。曹操重“道”，不玩权术或少玩权术，所以一路上人才济济，众将披肝沥胆为他所用；所谓“道”就是人性、人心的内容。司马家族最后得天下，其实是集上述几个人优点之大成的结果：“道”用于外形，“术”用于内心布局，持续坚持并不偏不废、不离不弃，最后司马子孙坐上了龙椅。

世上高士才人很多，但往往结局不理想。原因是：高士的行为太高则毁谤丛集，才人的才思太美也遭人忌妒丛生，最后导致生活境况差强人意甚至不如一般人。故高士要藏“高”、才人要屈“才”，才能躲开俗人的眼光和诋誉。

21世纪初与20世纪六七十年代社会现象比较：国家强大了，安全系数却下降了；社会进步了，道德却沦丧了；人民富有了，幸福感却下降了；家庭富裕了，感情却淡薄了；孩子减少了，负担却增加了；物质丰富了，精神却空虚了；通信快捷了，人与人之间距离却拉大了；网络技术成熟了，熟人之间却不交流了；交通方便了，拥堵却出现了；城乡差别缩小了，环境却污染了；粮食充足了，吃起来却不放心了；医疗条件改善了，事故纠纷却增多了；市场放开了，假冒伪劣产品却跟着来了；对外开放了，丑恶现象也跟进来了；口号减少了，实干兴邦的人却没增加；“运动”没有了，冤假错案却没绝迹；百姓流动了，犯罪分子也到处跑了；知识分子增多了，教育成果却虚化了；新鲜事物多起来了，视觉却迷惘了；食品营养了，“三高”却多起来了；体能强壮了，意外伤害却增加了；自然灾害减少了，伤亡数字却上去了；机构增多了，效率却下降了；官位多了，扯皮现象也多了；老板多起来了，坑蒙拐骗却见怪不怪了；各项法规齐全了，社会公德却缺失了；市场繁荣了，人心却不知足了；享受乐趣多了，人却无所适从了；中国强大了，美国却看不惯了；中国发展了，周边小国却不高兴了……我把对比现象都讲了，你就应该扪心自问了；扬善抑恶、存美剔丑做到了，社会现象就改观了；人人坚守正义本真了，荡涤痼疾陈弊就不成问题了；只有中国梦实现了，全体国民才能真正扬眉吐气了！

2015年过去了，我所负责的团队被评为先进团队，个人也获得了“突出贡献奖”殊荣。小有荣誉，不敢自满。这是领导对我工作努力的肯定和嘉许，当然更是一种

佳节必“爆棚”

赵晓苏 漫画

激励。人生五十，应该淡泊明志，心中洞明，不求虚荣才对。

有位文友对我说：“文人有‘三清’：清高、清闲、清贫”，我觉得不尽然，还应加上“清雅、清醒、清白”。清雅就是永不入俗泥，保持纯洁雅气；清醒就是时刻保持清醒头脑，不要被名利熏晕了头；清白就是做人清清楚楚、明明白白，不要被恶俗的东西玷污了手中的笔，写出的作品沾满了铜臭，全是趋利附势、狐媚讨巧之言。

其实，不仅是文人应该做到这“六清”，就是普通人也离不开这“六清”，它道出了做人的主旨和初心，是个人格物致知、自我完善、自我净化、自我修炼的纯洁表达和终极目标，不可不孜孜以求？！不可不先“自清”而后“清人”？！如果说人人都能做到这“六清”，那整个世界绝对“清静”太平了。

今日网络上报道了广州市原政法委书记、市公安局原局长吴沙被“双规”前的详细过程和细节，他违法违纪，惶惶不可终日。最后一次与老部下聚会喝酒时，他面朝省纪委办公所在地，举起酒杯，面色凝重的对部下们说：“后会有期”，然后把酒倒在了地板上……过两天，就真的被公布“双规”了。吴沙有“沙”，这粒沙到底有多大？模糊了哪些人的视线？人们拭目以待。

吴沙，这个从荆楚大地走出来的汉子，身上蕴藏着湖北人特有的倔强与执着。我记得，他刚走马上任时，清澈的眼里着实容不进半粒“沙子”，为老百姓做了许多好事，在全国率先成立便衣大队，率先在全国禁摩抓抢，使广州一时的抢劫成风顿时得到了遏制，得到大幅度的消减。但是后来，他的行为和作风与原先的雄心与初衷慢慢有了转变，甚至最后，走向自己的“反面”……“泥沙”容下，精神便会倒下。我为这个同乡惋惜！

在当今社会，有些人认为，金钱的魅力远远大过人格的魅力，因此，想方设法追逐金钱，全然不顾人格魅力的价值珍贵，甚至不惜变相以违法乱纪的冒险行为去掠夺、侵占、贪污、收贿……结果，金钱的魅力妩媚无形，掩遮了人生生存的全部意义和目的，成为人格分离、身首异形的“怪物”而浑然不觉，这些人真是可悲可怜！

有些人总喜欢以自己的某个标准去定义别人的成功与失败，这是很片面、很幼稚的想法和做法。就像你喜欢吃红萝卜，认为别人吃白萝卜就是失败的道理一样；殊不知，成功与失败，各人有各人的定义与认知。不要对自己的成功炫耀得神乎其神，也不要对别人的失败指手划脚、说三道四。成功与失败都是相对的，只是那个时点上的一个参数而已。

简单地把一个人的成功归功于运气好，是不对的，毕竟他（她）付出了超越平常人的诸多努力；简单地把一个人的失败归因于努力不够、运气差，也是不对的，因为在那个节点上，还有许多因素制约、制衡着他（她）的成功。说不定，挫折可能就是转折的前奏，成功正在不远处姗姗走来……所以，对于别人的成功与失败，都不要过早过快地下结论。

古人云："仁者莫大于爱人""以爱己之心爱人则尽仁"。我认为，"仁"是陌生人际关系中温暖人心的最好催化剂、润滑剂，情动于中，爱意泛起，能消除一切社会戾气和阶层隔膜，能增加社会的和谐度、人与人之间的善意、爱意度。

好奇、想象、探索、实证等科学精神成就了11岁的瑞士少年卡尔。据今天的报纸报道，他提出了"给将在50年后融化的阿尔卑斯山脉罗纳冰川'盖毯子'"的大胆设想，最后变为现实。他因此成为瑞士洛桑联邦理工学院年龄最小的院士。英雄出少年，真是了不起！理应点赞一下。

人接地气才有底气，有底气就会长志气，当然也会滋生傲气，戾气、神气、霸气；有志气如果再加上付诸力气，很有可能就会成为一个大气、有骨气、有贵气的人。

一个人有点土气，不要紧，关键是能接地气，养足浩然正气，不管干什么落足力气，不服气、不负气，最后一样会生气凸现、洋气毕现、贵气立现。

古人云："人争一口气，鸟争一口食"，争气是人生的第一大志向。只有争气，然后才能谈得上争光。不争气，是绝对不会给自己和祖上争光的，气足则光亮，气虚则光弱。

"人一阔，脸就变"，这在现实生活中太司空见惯了。阔脸易变的原因是什么？！我想主要是事业上的春风得意、物质上的极度丰渥、盛名之上的追捧、绝对权力的优越感使一些人迷失了心智，使人的优根性本能的缩减，使人的劣根性无以复加的放大，因此，"不可一世""人人不如我"等傲倨念头便顺理成章地滋生和冒出来了。

人生苦短，岁月蹉跎。“水往低处走、山往高处耸”是自然规律。我认为，人生也有十几个“走势”值得关注、追崇、尝试和践行：“精神与思想境界往高处走，行动与作风往实处走，性格与品质往好处走，做人做事往明处走，知福惜福往前走，安逸享受往后走，姿态心态往低处走，学习进取往勤处走，爱家爱国往心处走，持经达变往牢靠处走，欲望狭隘往空处走，识人用人往长处走，察己悟己往短处走。大喜之时往内敛处走，大悲之时往开朗处走；顺境时往舍得处走，逆境时往守善处走；安全时往绸缪处走，危险时往安全处走；少年时往发愤图强处走，年轻时往修行处走；壮年时往积德行善处走，年老时往积福积寿处走；男人往担当处走，女人往贤惠处走”……如此，生命的永续和精彩必在永恒处落脚！

昨晚，睡梦中梦见自己在读一本《无为而为》的书，早晨起床后清楚地记得。回到办公室，在电脑上急忙搜索“无为而为”几个字，弹出这个成语出自老子所言；“无为”即自然，演化成三层意思，无为无所不为，有为有所不为，不争自有成。这是一种怎样的暗示？！上帝在冥冥之中提醒我什么？！真有《无为而为》这本书吗？！

无为而为，是不是提醒我做人处事要更加自然而然，不要矫揉造作、故弄玄虚？！或者是顺其自然，不要勉强一切人和事？！

在工作和生活中，我基本上遵循和践行的是“不争”和“无为”准则，有得有失；就工作而言，“进步”较慢；就生活而言，生活质量一般。二十几年前我是酒店一个部门长，二十几年后我还是酒店一个部门长，可见“不争”的实际结果，我无怨无悔。尽管我很多部下“争”的官比我大、级别比我高，我既不羡慕也不嫉妒，人家的“争”和“有为”也是一种生存策略，无可指责。我的“不争”也有不争的收益和“好处”，某些方面的收获是金钱、官位不能比拟的。这的确不是“吃不到葡萄就说葡萄酸”的心理在作怪。

不争官衔和级别，但不能不争气和争光，这是我的做人准则。争气是人格独立之表现，争光是才能之体现。争光不一定要当大官、成大富，但可以把自己的才智奉献给社会，展示于人，是另一种不争之争、争而有道的行为。

有的人“争”到了高位高官，得到了好的待遇，便以为自己可以腾云驾雾，呼风唤雨，随心所欲，在语言和行动上多有轻狂、浅薄之举而浑然不觉。有的人甚至还干出了“拿上筷子吃肉，放下筷子骂娘”的行径，总认为自己的“争”与“得”长期不成正比，郁闷愤慨和戾气、厌世，这两种人真是可怜又可笑。

明天是“地球一小时”活动，广州地区酒店协会与广东省环保公益促进会合作来酒店采访，酒店当局指派我出镜接受采访，我欣然赴访。节能环保，我个人一直在做，且做了若干年。办公室只开一排灯（不全开）、走路上班（有车不开）、循环使用纸张、不用一次性用品……只要有心有恒，人人都可以做“环保使者”，为环保出力的。

地球只有一个，人不爱惜它，它也不会爱您。如果人人有这种共识，那就没有人作贱和破坏它了。

人是地球的宠儿，人是大自然的精灵。上帝既然把地球交给人类打理，人类就没有理由不热爱它、珍惜它！上帝既然把人类托付给地球哺养，地球的一切犹如人类自己的一切器官一样，理应供养和呵护使用，这样才不负地球的养育之恩。

人的一切器官在地球中都可以找到它对应放大的影像，我们爱护它就是爱护我们自己的器官。我常常这样联想：

江河是地球的血脉，
海洋则是地球的肠胃；
山川与道路是地球的骨架与经络，
植被树木则应该是地球的毛发；
大地是地球的脸面，
沙漠则是它脸上的雀斑，
溶洞与天坑是它的鼻孔和耳洞；
日月星辰是地球的眼睛，
苍穹是它的嘴巴，
云彩是它呼出的气体，
雨水是它的眼泪，
雷声是地球的语言与哈欠，
闪电是地球的喷嚏，
冰雪是地球的唾液，
火山喷发出来的则是它的精液；
风是地球的手掌，
飓风则是它放出的臭屁，
潮汐是它的脚印，
海啸则是它的反胃与发火的写意；
小地震是它的内脏的痉挛与蠕动，
大地震则是它翻江倒海的排泄；

动物和人类是它跳动的动脉，
春夏秋冬是它的性格与脾气，
白天与黑夜是它摆动的生物钟，
永不停息的转动和忙碌是它的健身运动；
人类的各种工程、建筑物是它身上的疮疤，
飞机、轮船、火车、汽车则是吸附在它身上时而跳跃的跙虫；
……
太阳系是地球的家，
宇宙是它的家国天下，
爱护地球就是爱国爱家爱天下，
呵护地球就是呵护我们人类自己的身体器官与精神大厦。

某地一贪官被抓，人们奔走相告，更有百姓自发买鞭炮燃放庆祝，可见此贪官在当地“口碑”与“德行”“政行”差到何种程度？！普通百姓“拍手称快”的情形不外乎有两种：一种是实实在在为百姓谋福祉的官员，晋升和退休后，肯定是被百姓拍手称道的或竖起大拇指的；另一种是主政一方、为害一片的官员倒台被抓，而让人拍手称快、奔走相告的。欲得哪种“情形”，众官员需思量掂量而行。

红灯＝红线

赵晓苏 漫画

古人云："哀莫大于心死"，说的是一个人绝望的神情和态度。可今天，偏有人说："哀莫大于心不死"，完全是另一种意思了，与绝望的神情和态度背道而驰，是对欲望的控诉、对贪婪的抨击。时下，许多官员在"高压线"下表面上噤若寒蝉，但其"心不死"，这正是悲哀的落脚点，也是悲剧不断重复上演的内在原因所在。

多少令人刻骨铭心的失败，就败在该全力冲刺时却力不从心或掉以轻心；多少令人扼腕叹息的错误，就错在该志在必得时却"为山九仞，功亏一篑"；多少令人沮丧的后悔，就悔在该当机立断时却优柔寡断、丧失良机。一个人的失败、错误、后悔，总是交织在一起的，拆不散，打不乱、看不透、摸不着。

一个男人在利欲权色方面如果有强烈的攫取心的话，很容易在"配"字上露出三点"端倪"或"破绽"：一"配"是喜欢支配他人。故操纵权力的愿望很强烈，以支配他人为成就感，因此时下买官做的现象很多；二"配"是喜欢主导财富分配。有人为了满足自己的贪婪心，甚至沦为变相分配、强行分配、私下分配的阶下囚；轻则多吃多占，不择手段捞钱捞物；重则偷税漏税、坑蒙拐骗、制假售假牟取暴利，以肮脏的分配与占有视为人生的快意；

三“配”是喜欢更换原配。有权有钱后，觉得原配配不上了，一些人便想方设法另寻粉黛，甚至不顾一切搞权色交易，疯狂包养二奶、三奶……可以说，“三配”态度和行为的取舍上，可见一个男人真正的品性和一个党员干部的气节与情怀。

由“三配”上也可以看出一个人的“三观”：世界观、人生观、价值观。喜欢支配他人的人，是人生观产生了畸形的行为；喜欢贪婪侵占财富、分配财富、变相掠夺钱财的人，是价值观严重撕裂的显现；喜欢不停更换原配、纵情声色的人，是世界观渐变恶化的结果；三者都是不当的人生行为。

“三配”毁“三观”，人生行不端；世人多痴恋，假装看不见；谁知恶报早，一夜成囚犯。若要因果好，还是守规范。

时下许多贪官都具备“三配”特征：通过支配他人满足虚荣心，获得掮客利益；通过分配利益掌控财富渠道，获得敛财途径，甚至不择手段达到不劳而获的目的；通过更换原配，获得艳福快感，换取更多的行为动力和能力炫耀资本。

昨日，广州各大报纸刊登了我所在上级集团董事长某某被采取强制措施的新闻，令人震惊和惋惜！我与他在一起共事十几年，对他的经营管理能力和行事风格颇为折服。没想到仅有才干、能力和强势作风还不行，还必须要有一颗坚定、廉洁、自律的心才行啊！

老板出事，下属企业炸开了锅似的，各种心态、各种猜测、各种想法和说法的人都有。我非常讨厌那种认为“扁担倒了就是蛇”的人，他们说白了就是狭隘、泄私愤的人。就算他们清白不出事，也绝不会在岗位上有大作为的。因为平庸之辈才会有“幸灾乐祸、落井下石”的阴暗心理和行为。

该董事长在经营管理上有许多可圈可点之处，我曾经写过一篇长篇通讯，介绍他在2010年前带领集团履职尽责、攻坚克难、决胜市场的事迹，被广东省国资委《国企清风》杂志刊登。没想到，他退休后，却出现了惊人的“反转”。但不管怎样，不应全盘否定他过去所作的贡献和体现的社会价值。

全盘否定企业决策人，其实也是全盘否定我们自己。至于决策人在后期所犯的错误，那是个人“三观”发生嬗变的结果，也是咎由自取的结果。不能功过不分、以过否功！

没有尝到权力的快感，也就不会留下人生的叹息与遗憾；尝到了，就会停不下来，甚至把生命搭进去了也觉得分外香甜。拥有此一类想法和做法的人不少，我用笔杆子是敲不醒的，而法律的利剑高悬头顶，很多人又看不见，继续铤而走险，这正是堪忧的地方。

昨天一个同事向我诉苦，她说她的主管总是伤害她，给她心里留下了很大的阴影，黯然伤神，且驱之不散。我安慰她，把“阴影”当成“背影”来崇拜。你有阴影，说明内心不够强大，势能不够，当你成为业务尖子或能手时，你心中的“阴影”就可能是别人艳羡的高大“背影”。怕就怕自己不争气，永远生存在别人的阴影里，失去了抗争的勇气力量和自我的风采。

就“阴影”和“背影”，我又在思索，作为一个领导，怎样把睿智而完美的“背影”留给下属？！而不是把“阴影”留给下属？！这需要具备怎样的品德品质和领导艺术啊！强势、霸道、弄权、忽悠，给人留下的只能是巨大的“阴影”；亲和、敬业、公允、包容、坚韧、扶助，显然是给下属留下美好而终生难忘“背影”的关键元素。好领导与差领导之分，在此点上立马可以一见高下。

自己看不到自己的背影，每个人却清楚自己的阴影来自哪里；尽快消除阴影，给人生减压卸负，也是将来把美好的背影示人的一种华丽蜕变与开悟转身。

毛利人有一句谚语：“将脸转向太阳，阴影就会留在你身后……”我认为，一个人假如不幸看到了绵长而硕大的阴影，说不定有可能越发珍惜太阳的一丝丝、一缕缕温暖照射。

2016年国庆前后，我编导、监拍的微电影《安娜的微笑》得了广东省旅游控股集团“最美旅控人”微电影比赛一等奖（后还在800多部微电影比赛中得了广东省全省三等奖），人皆庆贺。我是这样想的：微笑发自内心，且是有层次、有等级的；只有把内在的真诚与外在的热情、专业、细腻结合起来，才能感动顾客，打动其心智。安娜作为一个服务员，做到了，因而不仅打动了顾客，也赢得了观众和评委的赞许和首肯。

官大脾气大，权大心也大，位重疑心也重，这是时下许多当权者的典型特征。殊不知，这些都是一张纸造的孽；一张任命的薄纸能把人膨胀到自爆的程度，也算是另一种“化神奇为腐朽”的“杰作”。

“失忆”和“失意”都是人生中的两个插曲、片断，也是两种状态的描述。虽然同音，但语境和结果不同。“失忆”是重现病态或意外伤害的结果，“失意”则是情感受挫或遭遇逆境的写照，每一个人的一生都可能回避不了这两个问题的交替出现。

“失忆”能忘掉痛苦和仇恨，“失意”却不能，它反而让人能够徒增新的痛苦与仇恨；能够让“失意”失忆，生活就会添加许多欢乐或喜庆的色彩和机会。

“失意”也并非坏事，许多伟大的人物和文学家都是从失意中走出来的。失意逼迫人反思和检讨、调整、创新。偶尔的或一时的失意，如果能换来人生心态的调整，能换来长久的安稳和幸福，那还是最得意的“失意”！

避免“失忆”、减少“失意”，是每一个人一生要做的功课。不能让失忆的生活扰乱自己和亲人们的幸福日子。而避免“失忆”、减少“失意”的最佳方法是：知足、舍得、放下，剔除贪得无厌和痴嗔执迷恶习，孤清自然的生存，放空物欲利己想法，给精神松绑、让灵魂腾空。

吟三：

阳光对生活的叮咛

生的偶然、自然，活的坦然、释然，这本是生活的原色构图和真实本意，但时下现实被“现实”绑架了，使人有说不出的甜酸苦辣滋味和种种伤痛感、灼热感……其实，生活是琐碎而又具体的，是无奈而又轻松的，是残酷而又滋润的。既然生了、来到人世上，就要活得自然自在点、开心持久点，真正达到生生不息、活泛美好的先天摹状。这才是生活的本义。

——本篇题记

相信生活，相信理想，想念和追求一切美好的事物，做一个真实而坦荡的人。不要让一时的事、一时的人蒙蔽了双眼，而失去了正常的判断和对幸福生活的定义和向往。

有条件、有能力过奢侈的生活，却自求简朴、简单、简化，这对个人幸福乃至社会发展更为有益。但是，时下这样的人实在太少了。贪心与物质主义似乎在人群中占绝大多数，这是社会和经济富足的悲哀。

生活中有两种“幸福逻辑”：一种是“让别人幸福，自己也幸福”，另一种是“自己幸福了，不忘施恩，积极带动或帮助别人过上幸福的日子”；还有两种“不幸福逻辑”：一种是“自己不幸福，也不让别人幸福”；另一种是“自己不幸福，设法让别人更不幸福”。说明幸福的感观里藏着人性的守正与歧出。

幸福不能仅仅用任何单一指标来衡量，比如钱、权、名、利等；把升官发财、飞黄腾达视作幸福，难免骄纵了自我的贪欲，招来诸多束缚和烦恼，甚至把自己送上幸福终止的不归路。

喝出事了　　赵晓苏　漫画

经常听到人说“理想很美好，现实很残酷”，我不知道这些人有怎样的挫折和遭遇，发出如此感慨感喟。我的看法是，理想不要太宏大、虚空，完全不着边际，有些人把自己的人生目标定为“要成为比尔·盖茨、李嘉诚、马云那样的人”，做个这样的“春秋大梦”是可以的，但不要太痴迷。痴迷过度，不烦恼才怪？！不怨世界太残酷才怪？！

理想理想，就是有理智的想法。没有理智的想法太多太滥，那不是理想，那是狂想疯想。理想是在理智思维下所作出的一种可行、可操作的预想、判定与导向，是实现成功的一种可行性规划和路线图，它是以实践、拼搏、百折不挠、屡败屡战为底蕴的价值追索行为。把实现理想比喻为“跳起来摘桃子”比较合适、恰当。“桃子”挂在天上，让人可望不可即，那不叫理想，那叫念想！“桃子”垂落在地上，俯首可拾，那也不叫理想，那叫“瞎想”——瞎子也能想到、摘到。

“跳起来摘桃子”，跳得高，则摘得多、吃得多；跳得不高，则摘得少，吃得少；懒得起跳，怠于发力，就摘不到、吃不到桃子……理想应如“摘桃子”。幸运之神总是眷顾那些勤奋、努力、“跳得高”的人。

人生一世，草木一秋。懂得知足，知道满足，才会快乐；懂得取舍，知道弃舍，才会轻松；懂得珍惜，知道爱惜，才会拥有和幸福。

走路不看地面，就有可能踩上猪屎牛粪，走路不看前面，就有可能撞上迎面冲来的车辆和人群；走路不看天面，就有可能被鸟粪袭中、被高空抛物砸中……走路不看后面，同样有可能被流言和暗箭所伤。如果要顾忌这么多，那就只有“不出门”了；不出门最后的结果是，任何好事和浪漫的事也就可能轮不到自己了。

有人一而再再而三地失信于人，不是他（她）粗心大意、大大咧咧，而是他（她）根本没有把你当个人；要么就是你不值得他（她）用心践约守信。这种人，不要再理会了。理会越多，对你的伤害和亵渎将会更多、更大。

人做到清醒才会清楚。事情的内外因及变化因清醒而洞明，因混沌而模糊和不清楚。

有的人圆通，有的人圆滑。他们的区别在哪里？圆通的人外圆内方，处事灵活但有分寸与底线；圆滑的人外圆内圆，处事灵活讨巧但没有原则立场，看似周到世故，实则丧失了做人的尊严和担当精神。

人有情礼而受人尊重，人有情礼再加上实诚，更受人敬重；人有情礼、实诚，再加上谦逊、自持、内敛，那就是人杰了；值得一辈子追捧和追随。

一个人一而再再而三的言而无信，说明他（她）的人品出了问题，已不值得你再交往下去；一个人一而再再而三的被言而无信的人蒙骗和欺哄，说明这个人的善心和包容心被用错了地方，思维出了问题，到了该调整、反思的时候。

时下炫富的人很多，炫富虽不好，但它也是一种幸福观，是一种不成熟的幸福观。

给爱心一方沃土，它就能长成参天大树；给精神一束阳光，它就散发馥郁芬芳；美德与榜样，永远能点燃人们感动的心香。

一个人做到知行合一、行胜于言，不容易、不简单。有的人说起道理一套又一套，可生活中难见他的实际行动和实诚的心。

在当下，看不惯却习惯的东西很多，包括人和事。看不惯，说明心中有底线、存有道义；习惯了，一是说明见怪不怪，麻木了，习以为常了；二是说明觉得自己人微言轻，无可奈何了，放弃了抵制抵抗。要破除这种“看不惯却习惯”的惯性，就要回到人生原点，担当起做人的责任和本真。

时下，骗子实在太多，防不胜防，烦不胜烦。昨日，三遇骗局：一种是固话来电，说“你家里电视网络存在严重问题”；一种是手机来电，说“来我办公室一下”，我问他是哪位领导？他说：“我的声音还听不出来？！”我说：“你是省长呀？”对方看我识穿，赶紧挂了电话。还有一种是晚饭后散步，碰到两个很文雅的女生迎面走来，她们停下脚步，向我诉说：“来广州找不到朋友，无钱吃饭”，我看她们从容不迫、老到世故的样子，就知道又是遇上骗子了！赶紧走开为妙。骗子的花样再多，无非就是为了骗钱。

骗子很多，说明中国很多人企图不劳而获的思想很严重，也反映出一些人的善良被蒙蔽，反过来纵容了骗子的恶行，支持了他（她）们“越骗越有劲”的“事业”。加之法律体系的督管处罚到不了位，故骗子在今后很长一段时间里还会猖獗猖狂，大家不可不防，谨慎小心才好。

饭局上总有人说“这个人买了名车”“那个人买了名表”“还有个人脖子上的金项链比手指还粗”，惹得大家个个羡慕得不行，眼睛发亮，情绪高涨，话题沸扬。其实，一个人一生中的物质消费是有限度的，这些身体满足（除吃喝）之外的添赘再多、再好、再贵重，于生命的本真并无多少实质的帮助。倒是累赘越多、牵挂就越多，牵挂一多，心神就不宁，心神一不宁，贪婪心、纵欲感、攀比劲就跟着来了，人就永远不会在知福惜福、知足满足的状态中感恩生活与世界了，有时甚至还会无端生出恨意来。

一样东西，站在高处者，你觉得它低；站在低处者，你就觉得它高了。视觉决定感觉，倒置缘于站错位置。

有一种快乐，如头顶的太阳，天天都会从东方升起；又似自己的影子，时时都会紧跟在身旁，这就是精神的快乐。它不需要诸多的物质去填充，也不需要巨大的代价去换取，它涵养着人的价值取向和道德追求。过极简、节俭的生活，就可以得到简单的快乐，长久的幸福，这应是人生价值取向最主要的内容。

交友要重精神上的相交，不要重物质上的相交。精神上相交，愈久愈和合；物质上相交，愈久愈龟裂，最终为一己之私而分崩离析、反目成仇的事例很多。

时下，“富裕流感”传播得很快，相互炫富的人越来越多，花样越来越多，此起彼伏……要治疗这种“病”，不容易，需要转变社会文化，引导人们树立正确的富裕观和自持精神。否则，轻浮、浅薄、市侩的人就会越来越多。

善举善行犹如黑暗中的火把，可以照亮许多人前行。但前行的人中，有没有人感恩地接过善行善举的火把，汇聚强大的光源，继续去温暖别人，却很难说。有些人度过了困难期，便忘了当初的处境，对施善漠不关心，置之不理，甚至变本加厉，打压、讥笑比自己贫穷可怜的人。可见，人性反转难测的一面。

善念如花，善举是果。善念之花常开，善举之果却不易结。心怀善念，是有善端；行有善举，是有大德。善端之人有瑞气，大德之人有后福。

一个人平庸与高尚的分水岭就是，你是否有悲悯之情、乐善之意、扶助之行。一个人如果能够长久的守持下去，那他（她）一定是一个高尚的人、一个福分深厚的人。

一个人惹祸的途径不外乎“口祸”“手祸”“心祸”“脚祸”四种。“口祸”指祸从口出，嘴巴伤人损人、乱说话而惹来祸害；“手祸”指双手触碰到别人肢体而惹来冲突和灾祸，有时候手伸得太长，乱抓乱摸，或“动了别人的奶酪”也会惹来祸害；“心祸”指贪心、野心、私心太重并促成行动而惹来的祸害；“脚祸”指双脚背离了正确的人生方向，改变了立场，站错了队伍，朝人性反面走去而惹下的灾祸。此外，“眼祸”（指热衷于黄色、暴力事件而惹祸）；“鼻祸”（指满足感官嗅觉而惹出的祸害，如吸毒、吸烟等）也害人不少，这些“祸源”，切莫等闲视之。

普通人最容易惹“口祸”，青少年和性情暴烈的人最容易惹“手祸”，政府公务人员和国家公职人员最容易惹“心祸”，心系红颜而不是心系百姓，也是“心祸”的一种；高级领导干部最容易惹“脚祸”，不是站错方向站错队就是走向“为人民服务”的反面（即“为人民币服务”）；还有一种情况就是迈不开脚步或耻于行动，浮在上面，不下基层调研、蹲点、实践，盲目决策瞎指挥，误国误民，是谓“脚祸”。至于“眼祸”，天下男人最容易犯，为博红颜一笑而“怒发冲冠”的事例不少；“鼻祸”似乎是电影电视明星和企业家最容易犯的祸。有钱了，就喜欢追求感官刺激，这些年爆出的吸毒明星、企业家不少。不管哪种器官惹的祸，都可以置人于死地，都是生活的“死结”。

“病从口入”和“祸从口出”，一“入”一“出”，道出了“口”的复杂性、是非性、危险性。人的一个功能器官能够带来这么多的麻烦和伤害，恐怕只有“口”这个器官了。所以，“沉默是金”“守口如瓶”是人人可以遵循的并且可以少惹祸的一条定律、铁律。

有些人不管你为他（她）付出多少、帮助多少，永远也捂热不了他（她）那颗冰冷、漠然的心。你失落、你愤怒、你不解，都没有用，这种人天生是占惯别人便宜的人，你的再多付出对他（她）来说，都是应该的；他（她）甚至认为“在九牛身上拔了一根毛而已”。从现在开始，远离他们、躲避他们，是你最值得做的一件事。不然，更多的“农夫怜蛇”的故事依然可能发生在你身上。

害人不浅　　赵晓苏 漫画

有的人你为他（她）做了一些小小帮助、帮忙之事，他（她）会放在心上，口头上也会表达谢意。时机好转时，他（她）就会主动报答恩情，这种人在现代社会，是非常可敬又可再予帮助的一类人。

每一个人都应遵循自己内心的想法去选择自己的生活和生活方式，不要被别人的观念、态度和方式所绑架、所左右、造成困惑和不安。你的生活和生活方式，说不定正是别人所羡慕的模式呢？！改变自己以求得别人的看法，典型的得鱼忘筌、削足适履，不可取！

古人云："快于意者亏于行，甘于心者伤于性"。时下，有些精力旺盛的年轻人，透支着身体，经常熬夜不睡觉，生活不规律，诸如唱K、上网、喝酒，整夜不归家、也不睡觉，图一时之快意，把身体弄得极度困乏和疲倦。也有些人年纪虽然不轻，自恃体健无忧，豪吃海饮，少眠不动，长期过度透支、消耗身体，结果，物极必反，一些意想不到的疾病侵袭到这些平时看上去身体不错的人身上，从此，身体状况急转直下甚至恶化成悲，可惜了健壮之躯、智慧之才。

时下，"富二代""土豪金"比阔炫富的人不在少数。口袋鼓了，脑袋却找不到北了。物质丰富了，品质却失陷沦落了。一些富家子弟以各种出格甚至违法的方式，全然不顾公序良俗，炫耀着上代积累的财富，从旁人羡慕的眼光中获得快感和满足。最后的下场，必定就像《红楼梦》中的贾宝玉一样。

有人说，“越是成熟的麦穗越懂得低头”，大凡真正的大家，多谦虚有加、谦逊内敛，少有跋扈张狂、高调张扬的举止和言谈。

中国的家长都很信奉这样一句名言：“绝不能让孩子输在起跑线上”，没有人对这句话产生任何怀疑。我想说，要让孩子赢得未来，就要让孩子“输在起跑线上”。因为不去“挤”起跑线，免得被“撞倒”“踩踏”“挤压”而心身受到双重伤害。学会让别人先跑，等别人相互挤撞跑累后再叫孩子发力，势必后发制人，后动而谋先，这也不失为一种无为而为的高明策略。

家庭是每一个人思想性格的塑造场，也是亲情友爱的发酵地，还是道德伦理的滋养和补给站。人生后来有什么样的结局、结果，都是与家庭最原始的精神构建和灵魂导向息息相关、陈陈相因。

家教是人生价值的奠基石，也是心灵滋养的牧场，还是精神塑造的作坊。一个人一生有什么修养、学识、风度、气质、作为，与家教的正反、松紧、疏密、宽严程度息息相关、陈陈相因。

家风是人性启蒙的第一个扣子，也是纠正人生偏差的第一道关卡，还是培育和传承中华古老文明“正直、崇德、向善”风骨、风范的第一个课堂。一个人一生有什么样的心术、心智、心态、心思、心神，与家风的正不正、良不良、淳不淳、严不严息息相关、陈陈相因。

不良的家风，如同鲜花掩映的陷阱；错位的亲情，好像是温柔软滑的绞绳；一味地溺爱，与输灌慢性毒药无异。

我的普通话不好（上学正值“文化大革命”动乱时期，没学过汉语拼音），发音不准，造成笑话一堆。例如，碰到某企业两主官，本是说：“见到两巨头很高兴”，结果把“巨头”念成“猪头”，弄得两位领导面面相觑，我也忙解释，纠正发音，但还是转不过来舌头，再次念成“猪头”。还有一次，碰到一位厅级老领导，恭维他是“我们的一面旗帜”，结果“旗帜”念不准，念成了

"棋子"，那个领导只好就着话转："是啊，我就是一颗棋子，党和人民的棋子。""旗帜"跟"棋子"的差别多大？！当然，能当党和人民的"棋子"也是幸福的，很多人想当还当不上呢？！

太太总嫌我在家啰嗦，说我"好为人师"，我说："嫌我啰嗦，就别跟我每月要四千元的生活开支费，不要钱了，我就懒得啰嗦了。"太太说："照这么说，我每月收了四千元听啰嗦的补偿费了？！"我一时语塞，只好说："那是！那是！"后又觉得不妥，自圆其说："老师跟学生上课，老师还要给学生发钱吗？"太太说："我又不是学生，你也不是老师，我只是收了点噪音处理费，再加一千，我也就不嫌你啰嗦了。"这么说，我成了中国第一个向妻子付"啰嗦费"的人。

我年轻时一共谈过三个女朋友。第一个女朋友比我小一岁，总是直呼我的名字"杨德振"；第二个女朋友比我小四岁，为了避免勾起我对第一个女朋友的幻想和怀念，就岔开直呼其名，叫我"振哥"，我觉得甚好；第三个女朋友也比我小好几岁，得知这些情况后，同样为避免我一而再再而三地浮想联翩，斟酌考虑再三，决定取名字中间的一个字叫，叫我"德哥"。第三个女朋友最后成了我太太。我想我应该消停了，再不能谈下去了，否则，别人没法叫我了。

时下，利用手机或网络碎片化的阅读，实际上是无聊阅读、猎奇阅读、趣味阅读、实用阅读。与深阅读、长阅读、系统阅读和有思想、有内涵、有力量的人文阅读相差甚远，效果也是不可与日同语。

在知识爆炸时代，一个人知识的“保质期”将会越来越短，思想的“折旧率”将会越来越快，能力的“迭代率”将会越来越高，精神的“逼仄感”将会越来越强，灵魂的“自由度”将会越来越窄……只有不停地充电与学习，才能解决上述困惑和问题。

人格塑造家风，家风孕育人格。传承良好家风，完善人格品德，是人生的一个任务和责任。

读《治家格言》，其中有这样一段话：“财也大，产也大，后来儿孙祸也大。借问此理是若何？子孙钱多胆也大，天样大事都不怕，不丧身家不肯罢。财也小，产也小，后来儿孙祸也小。借问此理是若何？子孙钱少胆也小。些微家业知自保，俭使俭用也过了。”我想，这对时下某些“官二代”“富二代”不停地干出伤天害理、暴殄天物的事是一个很好的注脚和警示。

福州林则徐纪念馆墙上，赫然写着林则徐“教子联”：“子孙若如我，留钱做什么？贤而多财，财损其志；子孙不如我，留钱做什么？愚而多财，益增其过。”读后让人沉思：一是给子孙留什么？怎么留？二是留多少？有益与有害吗？！不要让老子的有形资本资产成为儿孙们的负资产和祸害根源，这应该是天下做父母最应该考虑的头等大事。

在信息过载、“低头一族”随处可见的社会里，一个人如何保持自静、专注？如何控制自己的内心，让思维线条不为外物所困扰，收放自如，是一门生活大学问。我偶尔上微信，但绝不痴迷微信，为此事甚至跟太太吵了好多次，劝她不要被微信绑架得不能喘息，失去生活的乐趣和亲情的温馨。

很多人玩微信，并非出于增长见识，开阔视野，学习知识，丰富兴趣的目的，而是为了窥探别人的隐私，企图找出别人的破绽和不幸福的“蛛丝马迹”，然后满足自己“不在当中”或“不属此列人士”的感觉。

事实上偶尔上上微信无可厚非，但是把自己的全部精神寄寓在微信里，弄得心神不安、灵魂摇弋，实在是有害无益。一个人心里容下的东西太多，心的承载负荷增大，对现实生活肯定是一个负面对冲。劳神耗心，分心分神，势必大量消耗人的阳气和能量，于身体十分有害。

一个人把自己的生活过好，再去关注别人的情况才是正道。整天关注“张三今天在哪吃饭”“李四又网购什么新衣服”“王二麻子又去哪儿旅游了”等圈内的动态，而忽视自己的饮食起居和亲情伦理，势必物极其反；自己身体垮了，亲情淡薄了，时间浪费了，温馨的时光溜走了……最终后悔来不及了。

热衷、痴迷于刷屏、玩手机微信的人，其实就是“生活在别处”的人。身边的人、当下的事、眼前的景被置之不顾，顾的是别处的人、别处的事、别处的景、别处的……换句话说，手机方便了别处，妨碍了此处；让人的身体和神思分离在两个不同的地方，很容易走火入魔：身形对立、心神分离、灵肉倒悬。

进入新世纪以来，恐怕谁都没有想到，如此大面积改变人们日常生活和行为的，不是某种坚硬的体制、高明的政策、宏大的理论、漫延的思潮、强输的意识，而是巴掌大的、能够发出声响的、能够展示美文靓照、兼摄影摄像和娱乐工具的手机。借用古语来说，手机既可观古今于须臾，抚四海于一瞬，又能让人置此时于不顾，化此地为虚无。是一种逃避现实和回避矛盾与困难的适时工具，也是一种游离于浓情蜜意与虚情假意之间的即时表达载体。

与其让手机放任各种信息（包括垃圾信息）泛滥成灾，随时随地搅动我们的情感，打扰生活，不如主动建立防御工事，为心灵安装“过滤器”，为思想设置“静默期”。这样，没有各种垃圾信息充斥，心灵是多么简美和惬意，犹如佛典所云：“制心一处，无事不办。”可惜，许多人意味不到这种心灵卸负减耗的妙处。

许多微信信息看似重要，其实未必。你以为可以从中获得满足和充实，但很多可能只是用不断地更新覆盖了旧的土层，犹如华丽服装的破棉袄……它既不保暖，又脏兮兮的；有时各种信息还打断了工作思路，占去了时间和精力，让你无法保持专注力，虚耗了你的元气和才华，让人浑然不觉。

在信息社会，判断一个人心智是否成熟，关键看他

不顾底线

赵晓苏 漫画

（她）能否在有限的实践中，对纷至沓来的各种信息进行“价值排序”，从而将精力集中投入在最有价值、最有意义的地方。这是一种本领和能力的体现。

人际交往注重平等、对等、尊重、允许观点求同存异、习气差别。不平等伤人伤己；不对等，委屈自己，交往不会长久；不尊重，彼此颜面尽失；允许个性观点偏差，容许习气不同，这是交往的最基本伦理。

失信于人和礼信于人是两种人不同的待人风格。屡屡失信于人的人是又痞又懒的劣质使然，说白了，是家教不严、读书太少的结果。长期礼信于人的人是个人涵养自律的使然，说开了，是家庭熏陶教育、个人修养有为的结果。

人仅有“自知之明”还不够，还应有“知物之明”“知人之明”。只有这样，才能对自然不掠夺、不破坏，对别人的文明不霸道、不逞强，对自己的文明不糊涂、不自贱。

一个朋友经营企业，这几天，碰到资金周转困难，到处借钱。求助于我，希望我出面为他找同学圈、朋友圈，我尝试用我的信誉度和“美誉度”作担保去筹款，帮他渡过难关；没想到，有的同学以“正在忙，稍后再复”为由，再不见回复，实则是搪塞；有的朋友说好聚聚，最后连信息也不回了……弄得我也下不了台，催又催不得，拒又拒不了，真是难受。我自己还不曾这样拉下脸去求人借钱的。通过这些挫折经验，我的感悟是，多大的胃口吃多少饭，看菜吃饭、量体裁衣，为人生最从容、最淡定的活法；那个朋友为难了自己，也为难了我，看起来是企业没活过来，实际上是人没活明白的做法。

为帮朋友解决燃眉之急，经过几天的周旋和尝试借款，事情屡屡碰壁。不要怪别人为富不仁，也不要怪朋友麻木不仁，他们都是生意中人，深知金钱的轻重与利害，掂量是必须的，权衡是必要的，拒绝是当然的，漠然是自我保护的一种形式，不好妄加揣度。所以，做生意最好的借钱方式就是不借钱；不刮己面，不伤己心，不为难别人，更不用猜忌别人的人品而伤了友情。

在生意上不与人发生借钱关系，但是，在人拿钱救命、在人揭不开锅时，施以援手和救济，我觉得非常有必要且必须立即付诸行动。这是一个人做人的本分和善心的反映。借钱给人周转和看病救急是两码子事，前者充其量是锦上添花，后者却是雪中送炭，意义与境界完全是天壤之别。但愿有钱人看明白，不要一概拒人于千里之外，冷漠得像六月里下起的大雪。

昨夜昏睡偶得一佳句，反复推敲，未及结果，被闹钟吵醒。起床后，依稀记得；上班走路，一路继续斟酌，依然未理出头绪。佳句是这样的："不×官帽破和脏"，我的做人志向是不奢求高官高位，既不羡慕做高官的，也不嫉妒做高官的，梦中佳句就是想表达这样的意思，借"官帽"抒怀言志。没想到，清醒时反而一直找不到合适的词表达这种意思。我试图这样"安插"了几个词尝试一下，结果不是意思弄反，就是词不达意，令人啼笑皆非；如："不理官帽破和脏""不嫌官帽破和脏""不笑官帽破和脏""不羡官帽破和脏""不爱官帽破和脏"……诡异的是，越琢磨，还越有"不怕官帽破和脏"的意思或很想当官的念头在里头，诸位读者，您能在不改变我抒怀言志的语境下和不调整字句结构的前提下帮我填上一个恰当的字吗？！（隔了几日，我想到了两个词很恰当："叫"和"让"，很直白地表明廉洁奉公的志向，但是自己给自己把"官帽"戴上了，已非原来的初心与愿景。）

上述"不×官帽破和脏"的句式，我后来又反复想了一下，要想真正达到言志抒怀的目的，只有将“不”字去掉，另寻它词替代。如：“别人当官意气长，我嫌官帽破和脏”，这样，借物抒怀、借物言志，就能把自己与挤破脑袋想当官的人有效的区分开来。当然还得说清楚，不当官也说明不了会清高到哪里去，当了官也不见得会“脏”“破”到哪里去？雅与俗关键还是看自己的素质、境界和修养。不然，一句话得罪一大帮当官的朋友，那可是得不偿失的表现，弄不好还会自讨苦吃。

解开了上述词句的疙瘩，我可得再说明一点，我可不是“愤青”。就像我对有钱人的态度一样，我曾以文字方式记录了下述这段话：“我不羡慕有钱者，也不诅咒金钱本身和有钱人”。对待高官高位的人，我的态度也是一样：不羡慕、不眼红、不诅咒、不攀附。

今天接待了战友文晋一家。文晋儒雅、厚道、实在。不像有些战友回地方久了，变成了油腔滑调，口是心非，花花肠子，言而无行，行而不实，像个“痞子”。文晋实诚的本色不改，这是我愿意与他打交道且愿意尽一切可能帮助并回报他的重要机缘。

今天接待了广东旅游出版社社长刘志松先生。他年轻有为，思路开阔，才思敏捷，对我的新书《人性冲突》提出了许多独到的出版建议，可谓出版业界高人。隔行如隔山，任何时候，不要小觑一个人的潜能和智慧。

星期六休息无事，邀四五个男女朋友在家附近酒馆小酌饮酒。我本无酒量，但经不住劝，也勉强喝了几杯白酒，微醺之际，话语特多，一连讲了七、八个笑话，女性朋友听得入神，兴奋不已，连连敬酒，又喝了几杯……这时我太太在旁制止她："看来，你不把我老公干醉不罢休啊！"太太也喝多了，吐字不清了。

酒喝到一定境界能长胆气。我有一朋友，平时内向，从不主动与人打招呼，那天，微醉之际，见到一个路人，问路人："认识我吗？"路人摇头："不认识！"朋友又说："连我都不认识，你是干什么的？！"路人回答："我干什么关你什么事？"朋友又说："什么不关我事，你要从我面前走过吧，我不让你过去，总关你的事吧？"路人一时语塞，竟在那里窘住了，半天回过神来，见我朋友满口酒气，说了一句："神经病！"朋友一听火了，便拽住旁边的一个陌生人来评"理"，那个路人趁机溜了……朋友又与"评理"的陌生人较上劲了。

酒喝到一定境界还能长口才。我有一个朋友，当个小公司经理，平时说话语无伦次，结结巴巴，那天中午喝酒，重醺之际，回到公司马上组织下属人员开会，并要求每个下属人员带本子做好记录，会上他一口气谈了八点工作设想及任务，条条新颖，非常切合经营主旨，令人耳目一新。第二天，下属人员问他昨天布置的“八个任务”是否继续执行完成？他一脸茫然，反问下属“哪八个任务？”下属逐一读给他听，他一听傻眼了，这“八个任务”是前几年上级公司给他下达的任务，他连忙纠正：“停止执行、停止执行！”事实上，下属人员早知道他喜欢喝完酒开会、口才还出奇好等特性，拿个本子记录也是装模作样、应付糊弄他一下而已。这时的“不认真”才是真！

一个人只有以书为师，以书为镜，以书为友，才能避免少知而迷，不知而盲，无知而乱。不要沉醉于物质与金钱的世界里永不满足，而应浸润在书香的世界里不断刷新精神，陶冶情操，拔高人格，洗尽铅华。

有的人喜欢以挥霍消费的心态调养身心，有的人喜欢以安静地潜心阅读来涵养身心。一个“调养”，一个“涵养”，道出了人的两个不同的境界和气质。物质调养出来的可能是浮躁、攀比之风，书海涵养出来的可能是独特的气质、升华的人生。

中国人有两张面孔：一张面孔对熟人、认识的人，礼貌、礼让、热情、宽容、卫生；一张面孔对陌生人、不认识的人，冷漠、无情、邋遢、不讲尊卑长幼、公序良俗。譬如，当一个人外出旅游时，知道没有熟人在场，因此，随便丢（杂物）、随便拉（小便）、随便开玩笑，毫无顾忌，毫不讲究，完全是以另一张面孔示人。

人与人相交，我认为，不即不离、不卑不亢为最好。既不要刻意走得太近，又不要故意离得太远、太开；既谦恭得体，又落落大方、坦坦荡荡，这样的友情才能走得更远、维持得更久。

朋友与朋友相交，我认为，以不求利、不取势、不沾光为最高境界。如果以求利为目的，则必生怨气和间隙；如果以取势为目的，则势在情在，势不在情不在，让人产生愤懑和愤世嫉俗之感；如果以沾光为目的，则会出现“沾到了则欣喜，沾不到则诅咒”的现象，甚至是“沾到了永不满足，沾不到永远诅咒”的结果。有这三种交友动机的人，最后必将朋友弃于时光的流逝之中。

昨晚与一帮书画界的朋友雅聚，其中有广东省书协主席张桂光的夫人杨女士，因为同姓，一点也不拘谨。杨大姐画画得好，人也低调谦逊，丝毫没有社会上那种官太太盛气凌人、狐假虎威的做派做法，让人钦佩。我送了一本我的新书《故梦》给她，请她转给张桂光主席。我想说的是，大家面前，不卑微，也是一种自信力的体现。

我们今天的幸福生活来源于共产党的开放政策，源于祖先的点滴积德和积福，这是我一个真实而朴素的判断和结论。为感念父母双方的祖辈，我今天决定给去世了半个世纪、尚未树碑立传的外祖父、外祖母树立碑石，以文字的方式记录外祖父、外祖母最后归宿地，供后人永久地拜谒和纪念。

外祖父、外祖母英年早逝，只留下八岁的舅舅。舅舅年幼，看管不住家产，最后被一些人“蚂蚁搬家”掏空了，饥寒交迫、营养不良，致使智力发育滞缓，至今孑然一身。我把他安排住进了镇里的养老院，也算是一种好的去处和归宿。可怜他家原先也算小康水准、大户人家，外祖母一去世，一夜之间，他沦为孤儿，家徒四壁，最后连“四壁”也没有了，实为可怜！真正是世道轮回，兴衰转换，谁也无法看懂看清和提前预知。

舅舅个头矮小，又有些聋，言语混沌，没有上过学，但人心地善良，憨厚老实，且好打抱不平。晚年住在养老院，常帮养老院里的老人当“评理裁判”。有一次酒后打电话回老家族弟家中，族弟不在家，弟媳接电话，听到里面有男人的声音（实为电视里男人讲话声），马上不顾山高路远，翻山越岭几十公里搭乘别人摩托车赶回，实地察看，找遍屋里角角落落，说是为兄弟护家……弄得弟媳哭笑不得，村人皆笑。

舅舅虽没有读过书、上过学，但晚年对手机摆弄却一点也不生疏。他在养老院里吃住不花钱，我找人帮忙每月还有100多元低保费领，可谓养老院中的“另类”。他积攒起来买了一台手机，没事到处打电话，尤其是酒后，开始打我们在外工作的外甥电话，后来打给村里在外打工的一些侄子，让人生烦，这么多电话号码和姓名，也不知他是如何记下的。2015年老家政府搞低保户清理，把他的低保卡取消了，没有了经济来源，充不了值，他的手机只好时开时停，大家都说清静了不少。

舅舅不讲卫生，有点邋遢。到我家，随地吐痰，常遭我母亲的说教与批评，他有些不服。我总劝母亲，他都60多岁的人了，习惯改不了，就别说了，随着他。不过有一样东西，不能随着他，我跟父母交代，酒，让他喝一点，但不能让他多喝，我们家乡人情客往，喜送白酒，我和父亲、兄弟又不喜欢喝酒，因此酒存了不少。但如果任由舅舅放开一日三餐都喝，只怕是天天酩酊大醉的，少不了惹出许多事，最后都是我“兜底”，我哪有那么多闲工夫、来回一千多公里去解决问题。所以在喝酒问题上，我跟舅舅限量不限顿，他开始不接受，后来习惯了，酗酒闹事日渐少多了。

余秋雨在谈到读书时说：“只有书籍，能把辽阔的空间和漫长的时间浇灌给你，能把一切高贵生命早已飘散的信号传递给你，能把无数的智慧和美好对比着愚昧和丑陋一起呈现给你。区区五尺之躯，短短的几十年光阴，居然能驰骋古今，经天纬地，这种奇迹的产生，至少有一半要归功于阅读。”可见读书不仅是快乐的源泉，还是在空间与时间两个维度里拓宽人生路径的唯一的一种手段。

有人写过这样一副对子：“凡才子夜读子夜，是大家常说家常”。其意思是，读书读到子夜的必是才子，日常说家常的必是大家，“常说家常”意味接地气，白天走路、干事、说话不脱离人间烟火，实实在在，不玩虚的。遍观当今，我觉得只是这样的才子不少，这样的“大家”

耳濡目染

赵晓苏 漫画

实在不多。

要想摆脱平庸，就要多读书。因为平庸是一种被动而功利的谋生态度，平庸者对外部世界的精彩、生命含义的丰富、人生历史的厚重、终极道义的神圣浅尝辄止，更懒于思考；只有从多读书中顿悟和开启这些哲思，继而实践和行动，那就能够避免成为“庸人”。

古人云：“庸人自扰”，为什么只有“庸人”“自扰”？我想就是因为庸人懒惰，不思考也不善于思考，别人说什么他说什么，别人做什么他做什么，没有一点自己的创见性和主动性，一旦别人不说也不做什么了，他就苦闷惶惑了，思绪自乱，心神不宁。想想周围的人，这样的人还真有那么一、两个。

人无信不立。许多人毫无诚信可言，在一个地方丢了诚信又换一个地方。换个地方后换个圈子，开始伪装得很好，但过不久，又开始故伎重演，失去人心，又待不下去，又得转换战场，再换圈子；但是，要知道，天下再大，圈子终究有限，现在互联网这么方便，一个人的德行、恶行很快就会在界内界外的圈子里“曝光”的，正可谓“好事不出门，丑事传千里”。失信者别想换个圈子，就以为混得很“灵光”。

昨夜睡梦中，偶得佳句，马上坐起记了下来：风因为有了向往，才有了追赶的脚步；雨因为有了思念，才有了奔向大地的目光；花因为有了归意，才有了落地为泥的勇气；人因为有了精神，才有了超越自我的魅力与芬芳。

又一晚在睡梦中，偶得一笑话：一位不孝顺的媳妇在家里与婆婆吵架，气话连篇，本想恶毒地说：“你去上吊吧？！”没想到，说到一半，丈夫推门进来了，忙改口说：“你去上树吧？！”婆婆一脸茫然，媳妇无言以答。读医学博士的丈夫赶忙替老婆打圆场：“树疗是我研究的科学课题，老婆你是怎么知道的？‘树疗’是现在最流行最时尚、最前卫的健康疗法，能助人长命百岁！”婆婆释然，媳妇愕然。

2015年12月初我们一行十九人去云南芒市、腾冲、瑞丽旅游。由于靠近缅甸，又是少数民族地区，边寨风情尽现：广袤的山川、多样的物种、稀少的人群、原始的村寨、淳朴的边民、美轮美奂的建筑、丰富的出产，加上悲怆的抗日历史，给我们一行留下了深刻的印象。彩云之南，色彩果然绚丽斑斓（具体见散文《美丽的德宏》）。

旅游虽然是放飞心灵的时刻，但总有不和谐、不合时宜的事情发生，让人大倒胃口。例如：利用民俗风情骗购、利用人们向佛向善的心理骗钱、利用边境边贸的特殊政策骗人等等伎俩，让人非常扫兴，很多人产生了一种在旅游中“大有吃不完的亏、上不完的当”的感觉。

在现实生活中，人们大多习惯从自己的角度去看问题，甚至形成了自己固有的思维定式，常常忘记了还有他人和众人的角度。这样，单向视角看问题就很容易偏颇、片面和极端化。这不仅是一种生活方式方法问题，更应该成为一种人生素养积淀与追求的方式态度才好。

我们旅游，从一个地方到另外一个地方，看到新鲜的景致、陌生的风光、丰富的人文情调，陶醉其中，感叹真美。不曾想到田间一位劳作的老者说道：“你们要是在这里长期生活，可能就不会感到美了。”这说明，熟悉的地方无风景，“审美疲劳”永远发生在长相厮守的地方。

今天读到一首古诗：“四面湖山归眼底，万家忧乐到心头”，这该是一种怎样的视角与眼界、胸襟啊！今天的国家公职人员，如果每个人都有这种朴素的情怀与感念，那天下就没有办不好的事、成不了的梦想。

今天光明日报出版社把我的拙著《人性冲突》的最后书样定稿发给我校勘和认可，我一方面欣喜于一年多的辛苦写作没有白费劲，总算样书成型了；另一方面，在该书中，我把抽象的人生价值分解成具体的事例，在落细落小落实上下足功夫，使社会主义核心价值观这个“软实力”具象为人们可学可用的“硬通货”，从写在纸上衍进为烙印在人们心头上，泽润读者，滋养精神，点拨灵魂，锻造品质，也算是福报社会从而自求添福了。

古人言：“三日不读书，便觉言语无味，面目可憎”。可见，读书对一个人的物质生活和精神生活是多么重要！“言语无味”，让人魅力、亲和力顿减；“面目可憎”，让人生出厌烦、嫌弃。用读书的方式能够迅速弥补这两个缺陷，也算得是“本小利大”的划算“买卖”了。

有朋友叫我业余时间同他一道创业开公司，共同赚钱。我问：“累不累？”他说：“肯定很累。”我又问：“赚钱是为了什么？”他又答：“改善生活质量。”我再问：“人不累算不算生活质量的一部分？”他答道：“那是当然！”我说：“那不就结了，直接导入结果，何必那么费心费力，还不见得赚得到钱；就算赚了钱，并不见得会用钱去改善生活质量。”朋友噎住了。我常想，许多人很多时候都在做无用之功或本末倒置的事，自己真的浑然不知，要靠外力敲醒。

我有个领导，退休之后整天喊“累”。我说：“你的累是自找的。”他说：“你不知道，我每个月要交房贷呀？！”我说：“凭你们两口子的收入，又不是交不起房贷？！”他又说：“总想过得宽裕些。”这种“宽裕”，整天以“累”为代价，我觉得颠倒了生活的本义，累得没有意义，也不值得同情。

如果不太劳累，能够力所能及，老有所为，发挥余热，我还是提倡和认可的。关键是掌握一个“度”：适度适量，以不影响身心健康为前提去创造夕阳财富，我还是认同的。那种“认钱不认天命”“退岗不退雄心”的做法，我看还是适当收敛和剔除为好。

在人与人打交道时，我想到了两个发音相同的词汇，一个是“观照”，另一个是“关照”；很多人喜欢被别人“关照”，而很少人以别人为“观照”对象。同样的发音，意境却完全不同。“观照”是以别人为“反观自照”的对象，时时省察和审视自己，从而实事求是看出自己优劣与不足之处，并加之纠正或取长补短，是一种睿智的超越自我和常人的做法；而“关照”则更多涵括的是请求别人“施恩关心、照顾自己”的一种做法，是一种索取行为。因此，善“观照”，才能少予人要“关照”。不要“关照”，自强自立，才能成为别人“观照”学习的榜样。

2015年网络评出十大流行语，有的新造词语，陌生生涩；有的是老词语翻出新意思，让人忍俊不禁。这些热门的词汇是“获得感、颜值、主要看气质、网红、任性、互联网+、宝宝、创客、剁手党、脑洞大开”。新时期总有新名词、新花样层出不穷，这也是时代“任性”的表现，也是消费人群的“气质”显现。

好身体能抵百万金，好心境能成百岁命，好为人能助百代兴，好做事能助百业成。

为官一方要有“亮度”，亲情伦理要有“热度”；思想境界要有“高度”，经营企业要有“力度”；人际交往要“大度”，娱乐嗜好要“适度”；求知探索不畏“维度”，攀比消费自降“温度”；优秀品质有“硬度”，创新应变有“难度”；洞察人性有“深度”，看透本质有“广度”；鉴别美丑有“角度”，对待小人有“量度”；

科学养生能助长生命“长度”，开心每一天才是生命的“精度”；不要事情恶化的“程度”，不要烦恼的“密度”；不要与人斤斤计较的“态度”，更不要放松正直做人的“尺度”；不要仇视愤怒的“宽度”，只求提升生命的“幸福度”。

小恶不掩大德，但大德不藏小奸。凡大德之人，远离奸恶是修行的基础。

我的名字原为“德政”，是一个当中学语文老师的姑父起的。意为“以德理政，德行于政”，后来我习惯性改为“德振”这个名字，是因为我常想：德“正”了，才能名“振”，振兴基业必须先立德。故我在名片后面经常写上：“德正则名振，振业先立德”。前后两个字均嵌进了“德振”两个字，时刻警醒自己以德为重、以德为先，不要辜负老天和先祖挑选姓氏和辈分的初心与本意。

我出生时，奶奶叫人“算命”，说我“命里缺水”，因此取名“杨德水”；后来，20世纪七十年代，正值“文化大革命”时期，缺衣少粮，奶奶又把我改名为“杨德粮”，哪怕村里此时已有两个“杨德粮”，奶奶照样“抢粮不误”。上中学后，才改为“杨德政”；在那个年代，一个名字里，往往隐藏和寄寓着上一辈人的良苦用心和憧憬向往。

以德照人，德行必远；以才助人，才必升值；以情感人，情真笃实；以理服人，理通坦途。

有情饮水饱，无情六月寒；情浓花自开，情逝风景残；人情最为重，莫让成笑谈。

2015年还有十几天时间就快要成为历史了。回想一下，半百之年，亮点不少：在干好本职工作之余，第一季度出版了《故梦》散文集，第二、三季撰写了《人性冲突》（政论杂文集）书稿，第四季度校对、联系出版社出版，可谓马不停蹄、夜不卸甲。大部分业余时间全部放在写作上，以致眼睛变得昏花、视力模糊、头发快速变白、牙齿开始疏松……这期间，在《信息时报》还出了一个整版，介绍我自己的读书与写作心得。年末，散文《美德遗产和精神存折》获得“中华情”2015年全国散文诗歌联赛金奖；年中，几本著作先后被中央党校、国防大学、国家图书馆、清华大学、北京大学、暨南大学、中山大学、广州大学、湖北大学、广东省图书馆、湖北省图书馆、麻城图书馆、浙江大学、厦门大学等院校和社会机构收藏；

《故梦》《动物智慧的管理启示》两本著作在网上（亚马逊、当当网、京东书店）热销。这些都是令人兴奋而又光荣的事情。同别人赚钱的兴奋和喜悦差不多，但又比赚钱更有意义和有根本性区别；钱传到儿子、孙子手里，可能钱会没了，而这份精神财富和心智遗产，子子孙孙可以享用无穷无尽；这种有意义的区别还可以惠及千千万万的人，不是金钱所能比拟和企及的。

2015年也有不少伤心事：先是岳父去世，后是单位里一位好同事、好兄长英年早逝，这是天命悲情，令人黯然伤神；年中申请加入中国作协遇阻，说明创作能力尚有距离，催人继续勤勉努力。有时候，挫折也是一种转折，再出发、再努力吧！另外就是两个朋友相继被“双规”，农村娃子，混到一定级别不容易，没想到仕途戛然而止，令人可惜可叹！人性贪婪占了上风，结局肯定反转，这是必然规律，可谁能看得清楚呢？！

昨天（2015年阴历11月初六），我父亲71岁生日，我没有空闲回去为他祝寿，便安排家人在农村老家镇里一家餐厅订了一桌饭菜，免得老人家在家里忙上半天亲自下厨做饭。但一想到要花掉七、八百元钱，两位老人长期节俭惯了，就有所不舍；我动员半天，最后老人们才勉强答应，“将就”进餐。两位老人辛苦操劳了一辈子，让他们享受一下晚辈的报答是天经地义的；不要留下孔老先生所云“子欲养，而亲不待”的嗟叹和遗憾。

有人走路、坐车、电梯里不停地摆弄手机，甚至在过马路时亦见到不少摆弄手机者，紧盯手机屏幕，旁若无人……细细观察了一下，这些人当中看手机中的电子书有之、看电视剧的有之、玩手机中的游戏者有之、翻看微信、回复微信者有之、听音乐者有之……总之，大家都有一种潜意识：“我不看不紧盯手机屏幕，仿佛就是落伍者、时代的淘汰儿”，因此，全民皆摆弄，个个都紧盯手机屏幕，成为时下一道“街头风景”“餐桌风景”“家庭聚会风景”“公众场合风景”。这种“风景”衍变的风气和结果是好是坏，不同的人，恐怕有不同的看法。难怪有人感叹：“世界上最遥远的距离不是千里、万里，而是我在你身旁，你却在看（玩）手机。”

我对上述现象的看法是，凡事应张弛有度，过度则属不良行为。生活中除手机带来的实用和感观视趣以外，还有很多快乐空间和舒心的元素等待我们去发现、领悟、畅享，不要光顾低头看手机，而耽误了时机看沿途的美轮美奂的风景、社情、美行……过马路时，安全远比视觉感观

不胜其烦

赵晓苏 漫画

的享受重要一千倍！

财经作家吴晓波说：“把生命浪费在美好的事物上，是值得的。”我再补充一下，把生命浪费在大量琐碎的事情上，是大多数人的常态，也是毋庸置疑的，更是无可指责的。当然，话说回来，生命能浪费在美好的事物上，终归是幸福的；生命浪费在琐碎的事情上，终归也不是什么不幸的事，平凡的日子就是琐碎的、婆婆妈妈的。

如果能以我牺牲友情的代价换来某些言而无信朋友的幡然悔悟，从而开始做到与人真诚相待，谨言慎行，言出必行，一诺千金，那我所做的色厉内荏的批评教育和所做的牺牲，是非常值得的！怕就怕这种人执迷不悟，继续去做失信失约失德、欺骗朋友诚挚感情的事，那可真是遇人不淑了。这种人太可恶了！

如果说个人层面要做到“扩大朋友圈”，我想应该有几个途径：在老朋友中结识新朋友、在工作中认识新朋友、在生活中发现有共同兴趣爱好的新朋友、把亲戚亲友变成朋友、把同事、生意伙伴当成朋友、把同学圈、老乡圈、战友圈的人“优化”成朋友……。朋友不在数量多，而是真心的程度到底有多高，这才是交朋友的核心内容。

说到“朋友圈”，我还得说一下我的“增减”法。在我的手机里，储存了几百个朋友的手机号码。凡是五年以上没有任何联系或交集的朋友，我会定期删掉；凡一次来往而过后几个月没有交集的朋友，我也不会储存到手机号码中。朋友圈维持在一个量上，既避免过多过滥，滥竽充数，忙得没有自己独处的时间和空间；又要防止出现损友和友人逃离、背叛的事情发生，空留下悲叹：“钱是越来越多，朋友是越来越少”，孤独、寂寞、无助来袭。只有这样，既量化、又宽松，又不至于形成交友压力，耗费太多心力，随遇而喜，真心为重。

人情本来就是一种美妙而又甜蜜的负担。欠人情本是要偿还和感恩的。可有些人为了卸负，减少麻烦，或为了减少付出，罔顾人情，忘了恩情，伤害友情，是非常不地道的行为。久而久之，人心识破，众皆必唾弃之。

偿还别人的人情是天经地义，只有这样，别人才会有下次帮助你的动机。别人要的只是道义上的感恩，而你连投桃报李的心思都没有，难怪会处处碰壁，长期陷于困难求援之中。长此下去，必会陷入孤立无援之中。这样的人格人品真可憎！

当别人不愿帮你的时候，该检讨一下你自己的言行，是否是你的背信弃义伤害了别人？不调整和提高自己的信用“额度”，恐怕今后很难改变无人搭理的事实。不要怪社会太现实，要怪只能怪你自己人生“信用透支”得太严重。

“酒祸”是一种常见的祸害。不仅损害良好的人际关系，而且会给个人带来致命的人身伤害。我有一个朋友，狂喝白酒致使肝硬化，英年早逝；有一个朋友，喝酒后开车，把一家人“开”进了地狱；还有一个朋友，喝完酒骑摩托车，撞上了水泥柱子，人仰马翻，半身残废，生活不能自理……个人的放纵与狂狷，害了自己不说，还连累家人，太不道德了！

深夜接到一个醉酒的朋友来电话，我说我是“杨某人”，他却说：“你等下，我叫‘杨某’跟你讲几句，你骗不了我？！”我一时反应不过来，说“那就叫‘杨某人’接电话吧！”谁知那个朋友把电话撂在酒桌上，任凭我自话自说，“喂”个不停。第二天问他为何“扰我清梦”，他说：“没有给你打电话呀！”……可见，酒精迷人心智，伤害人心。

学习的途径不外乎有两种，一种是向生活、向实践学习，还有一种是向书本学习。有人在生活中、实践中悟到了一些人生的经验、见识，便看不起从书本上学到经验和增长见识的人，企图极力贬低学习书本的价值，殊不知，这是没有在生活中学到真经的表现，浅薄与成熟、陋习与气度在此一见高下。

有时候，廉价的同情和无私的帮助反而很容易助长一些人自私心和贪婪心的变本加厉。这些人会毫不珍惜建立起来的友情，直至把它戳得千疮百孔才肯罢休。所以要识人后帮人才好，不要像南郭先生一样，被一些狼心狗肺的人蒙蔽和欺骗了，浑然不知，后悔莫及。

2016年伊始，儿子杨子在杭州伯瑞公司拿了一个月度优秀销售冠军奖，他把公司宣传他的照片和文字材料通过微信专门发给了我，我替他高兴，但另一方面又勉励他戒骄戒躁，更加内敛精进，不要被一时的欣喜与成功模糊了前进的视线，中止了前进的脚步……事后一想，老子总爱教训儿子，这也是一种不好的家长作风。

孩子好不容易有一次欣喜或以此为傲的闪光点出现，做父母的就应该跟他一起欣喜、一起疯狂……不能时时不忘“好为人师”的角色，让快乐和喜悦被冷静和清醒迅速地终结和覆盖，这是一种教育的误判和角色的失真。

古人云：“学者非必为仕，而仕者必为学。”坚持读书和学习不一定就是为了入仕、当大官，而入仕必少不了终身学习。不学习，不读书，满足于现状或现有知识结构，轻者容易一叶遮目，浅尝辄止，处理问题官僚化、简单化；重则失聪失明，盲人摸象，误打误撞，甚至走向党纪国法的对立面浑然不觉，这也是有可能的。时下许多高级领导干部犯错误就是这方面的一个例证。

时下许多高级领导干部在违纪违规和犯罪后，忏悔的第一句话大多是“我是一个农民的儿子，本不该……”，“农民的儿子”成了此时此景一个很震撼、很令人惋惜的词语。中国农民几千年就是一个勤劳、节俭、善良、朴实的代名词，没想到改革开放后，农民的第二代、第三代却走向了父辈的反面，糟蹋了中国农民几千年的美好称谓，伤害了无数农民的真挚感情和善朴的心灵。这不怪广大农民父辈，他们没必要自责内疚；要怪就怪人性的贪婪和晚辈的不知足不知止。

读书的根本，在于举一反三、融会贯通、温故知新、知行合一。达不到这个根本目的，读再多的书也是枉然。为什么时下有一些人说一些教授“白天是教授，晚上是禽兽”，虽是调侃，但从中可以窥见某些阶层的社会病态和某些成功人士知行脱节的危害。

得道高僧坐禅总是一份淡定从容的样子，古井揽一小块天入怀总是一副波澜不惊的样子。这两个样子，藏着一个同样的人生秘籍：那就是专注做事的态度和定力。

时下，外物纷扰，诱惑太多，人们很难清静下来，尤其是心灵得不到很好的安顿，浮躁和功利便犹如乱花迷眼、浮云遮目，弄得人心散志衰，鼠目寸光，为逐利谋利，有些人不惜代价、不择手段地害人、损人、骗人，把整个社会搞得乌烟瘴气，典型的“一粒老鼠屎，坏了一锅粥”的世相世态。

有人说：“眼睛是心灵的窗户”，也有人说：“言语是心灵的窗户”，不管怎么说，两者都说明面对面交流沟通的重要性。不对视，不当面说话，心灵如何能走近、熨帖、融通呢？虽然现时科技信息发达，可以“键对键”隔空交流，但毕竟少了一份“面对面”的人伦温情与肢体触感。为什么现在很多人利用手机拼命刷“存在感”，其实就是缘于周围人的冷漠无视，担心自己陷入人海“孤岛”。说白了，这就是“只在网上热乎，不在现实中见面”的一种本能固守行为及其结果表现。

不与俗人争利，不与小人争宠，不与恶人争强，不与蠢人争执，不与能人争位，不与高人争名，不与贤人争气，不与伟人争功，不与闲人争吵。

不忘恩，不负义，在现代社会是一种稀缺品质。忘恩负义的人太多，更加彰显和印衬这种朴素情操的高尚与可贵。

谁也无法看到自己的后脑勺。因此在指责埋怨别人的时候，摸摸自己的后脑勺，才会知道自己的后脑勺是扁的还是圆的？这样，别人的缺点或缺陷就不会让你觉得非常难看或十分难受了，更不会片面看问题和迁怒于人了。对什么都看不顺眼的人，疲劳的一定不仅仅是眼睛。

阅读的厚度决定人生的高度。最庸俗的人是看不起读书的人，最吝啬的人是不买书的人，最可怜的人是与书无缘的人，最没眼光的人是只藏钱、不藏书的人。

人生不得不戒的“不”之歌：年少不学、中年不进、年老不尊；嗅觉不灵、视线不清、胃口不少、精神不振、举止不当；为人不诚、心术不正、思想不纯、方法不妥、业务不精、事业不兴；是非不分、品德不行、教子不智、前景不明、立世不改、害己不轻。

美女养眼，美景养心，美食养胃，美德养神，美文养性。不要以俗人的方式破坏了上苍赐予我们的雅兴与景致。

知足是一种境界，知止是一门学问。一个人可以不知足，但不能不知止。不知足可能成为奋斗的动力，但不知止却可能成为折桨翻船的工具。知止就是恰到好处地停止脚步，卸下负荷，卸下焦虑，卸下抱怨，卸下伪装，卸下贪欲，让精神停顿下来透口气，让灵魂安顿下来休个假，有所为有所止。

多做好事就会多有好事来到身边；不干坏事，坏事也不会惹上身来。如果好事也不做，坏事也不做，是不是什么事都跟自己没有关系呢？其实不然，没有向善施善的心，就是忘了物我本性、本色，坏的心思在没有立德行善的观念意识管束操控下就容易萌芽、滋生、出笼……最终容易害苦别人、害了自己。

施恩不求回报是一种美德。但作为受恩者，要记得小恩不在一时礼，大恩重在记心里。当恩人落难、受难或处于人生低谷时，施以援手，拉一把、扶上马、送一程，这才是真正的知恩图报！不要以为一次恩情送一次礼，就叫感恩了，其实那只是还了一个人情债而已。

在当今社会，“富则达济天下”的人不少，而“穷则不失其志”的人却很少。原因是，富人“达济天下”后，越来越富，所有的资源向他聚拢、为他所用；穷人“不失其志”后，越来越穷，所有的资源、福利离他越来越远；为了生活、生存，他不得不“失其志”，怒其不争，违心地与社会俗人打成一片了。

在当下，有些人为了票子不要面子；有些人为了面子不择手段去捞起票子；还有些人为了面子、为了妻子、孩子，不惜以身试法，甚至泯灭良心去赚取票子，结果票子“交到”国库了，房子给别人占了，妻子给别人睡了，孩子被别人打了，面子完全丢没了……早知如此，何必当初？

古人云："人之患，在于好为人师"。其实，有些人不是真想当师傅、老师，只是想卖弄或炫耀自己的学术水平、权力余威、显赫地位、财富价值、成功模式而已。

能吃亏、能吃苦，是人生成功的两大要素。学历再高、技能再强、处事再睿智，如果怕吃亏怕吃苦，学历、技能就会大打折扣；处事就会形成以自我为中心，事事斤斤计较，时时患得患失。

天上没有两朵完全相同的云，地上也没有两个完全相同性格的人；尊重个性，接纳异己。尊重个性就是通过肯定别人来肯定我们自己的优点，明白我们自己的缺陷。接纳异己，就是通过接纳别人来接纳我们的幸福快乐，做到容人度人助人而后乐人。

知足容易知止难。时下许多高官纷纷落马（如周永康、徐才厚），说明人的贪婪心永无止境。知止、停止，事关个人前途命运和晚年幸福，想必周永康、徐才厚之流已后悔当初不知止了！

时下反贪风暴劲刮，众多贪官似有越抓越多之势。官场人人自危，当官已成高危险职业。照我说，我党的体制

“大师”不灵

赵晓苏 漫画

要重新审视检查一遍。体制有漏洞，好人也会变坏人，清官也会被人拉下水；坏人更会坏到顶，贪官的示范辐射危害更被加大无数倍。所以，要从体制、政制、监管机制的源头上标本兼治。

得失之间看人生。有人以失为得，过得舒展从容；有人以得为失，过得诚惶诚恐；还有人患得患失，一生抑郁苦闷、纠结……怎样平衡心态呢？我认为，有得当不愧心，有失当不怨人；得之坦然，失之安然！

得失相间，祸福相依；以失为得，可能是享福的开始，以得为失，可能是避祸的开端。

关系无须太广，朋友也无须太多。广则疲于应付；多则要么无暇顾及，要么将人生排期塞得满满。其实，留点时间和空间给自己静思、反观、学习、参悟、修行，这是一种睿智，更是一种潇洒和境界。

曾国藩死后几百年之所以受中国人敬重，不是因为他立了多少战功、平定了多少次叛乱；而是因为他识人用人的独到眼光让后人钦佩得五体投地；还有他在家教方面留下经世致用的经验，被后人广泛认同、赞同，至今仍是热捧和仿效的“家教宝典”。

曾国藩立身处事之首要要点是：大方无隅、大音稀声、大巧若拙、大柔非柔、至刚无刚。在当下浮躁社会，我们要弄懂并学以致用，需要一辈子时间去体悟、揣摩、实践。

孔子在死后几千年之所以受外国人敬重，不是因为他带出了多少子弟，指导了多少人的人生；而是他的普世价值与当今外国人的愿景诉求产生了共鸣，契合了外国人的精神追求。他倡导的理想社会正成为外国人努力实现或转型的目标。而在中国，孔子老祖宗的普世价值被闲置、被异化、被曲解，中国最宝贵也是最大的精神财富被别人抢走并“复制”成活了。可惜哉！悲哀矣！

毛泽东在去世后快近四十年之所以还受到中国人狂热的爱戴和持久的怀念，不是因为他打下了江山，解放了中国，让人民重新站起来了；也不是他的伟人智慧、诗人情怀、政治家手腕、军事家气魄为世人所折服；而是因为他无私无我的境界，让全体人民觉得他才是一个真正的共产党员、真正的人民领袖、真正的道德楷模。

古人云："君子坦荡荡，小人长戚戚。"说的是君子心胸宽广坦荡，小人常心绪不宁、斤斤计较、喜欢算计别人。在时下，当君子很累，当小人却过得很滋润。因为君子心胸宽广，不以物取乐，不以物助兴，但物的福泽总是远离他，不以物喜，不以己悲，故吃亏一直吃到底。而小人则不同，什么都计较，什么都要，有时候甚至不要脸地去巧取豪夺，结果物为所用，优势累加，过得风光惬意，让人羡慕不已。小人有了资本后，就开始伪装成君子，甚至比君子还"君子"……人们久而久之也以为他转变成"君子"了。其实不然，小人骨子里依然是小人，一旦风吹草动，小人的本性马上暴露无遗；故君子甘于清贫，小人乐于患得患失之中。

年关将近，广州火车站人头攒动，拖儿带女者有之，大包扛小包者有之，归乡的气氛越来越浓。对于乡愁而言，回家的脚步永远是唯一的解药。老家是游子的心灵港湾，是精神成长的沃土，是梦里千回百转的故园。

2016年元月24日，是广州历史上一个值得纪念的日子：广州下雪啦！全城轰动，举世惊叹！这是自1929年来广州首次飘雪，也是自有史以来、两千多年以来广州第八次下雪。雪花飘飘，雪絮飞扬，雪霰敲地，全城百姓皆在追雪赏雪兴奋中。

对于一个来自北方的我来说，下雪不为稀奇。但是客居广州34年，从未见过如此“奇景”，我拿出温度计，测家中温度为9℃，室外4℃，寒冷还不算至极；不然，有多少孤寡老人会遭致命之灾？！但愿老天就此收手，我们不要此“美景”，我们要全城百姓平平安安过大年！

时间风景里，刻录的不仅仅是盛世华章，也摄录了大量的人间悲欢离合和普通人的喜怒哀乐。在时间风景里，每一个都是自己的镜子，每一个人还是别人的风景，观照和整理打扫好自己的内心，是由内向外发出的生命华章。

平凡是每一个人生不可分割的精神底色。即使成为功成名就或大富大贵之人，平凡的日子，日食三餐、夜眠八尺依然是生活的主色调和主形态，相伴一生。谁奢求走向极致极端、终结平凡，譬如日食六餐、夜眠十六丈，那注定是提前找死、走向寂灭。

平凡的生活是人生一种常态，一生平凡又有什么可怕呢？平凡不是平庸，只要自己拥有一颗自尊、自强、奋斗的心，即使不成功，过得平平凡凡，那也是快乐人生的一部分。

昨日奉上级指示接待最高检某领导的秘书，他还是湖北一老乡。我原以为身为一个高级领导的秘书，应该内敛、文雅、不事张扬，没想到此君一副领导做派，不停地点评饭局中的人，然后还不停地叫人来赴宴（别人请客，本来六、七个人小聚一下，最后竟然来了十六、七人，叫请客人也非常难堪）。酒正酣，他叫靓女留下，吩咐其他匆匆赶到的人马上撤离……硕大、扁扁的嘴巴喷着酒气，说着“狠话”，眼睛里闪着淫光……典型一副小人得志的样子，我不屑一顾，赶紧撤离；我为有这样的老乡感到恶心、耻辱，我为共产党高级殿堂中有这样的官员感到痛心、不安！

前几年如见到这种官员，我还见怪不怪。在当下大力肃贪倡廉的今天，这种官员还如此倨傲骄狂、招摇过市、聒噪妄为，深感不可思议和可恶至极。心里在想，这种官员将来不出事是偶然，出事才是必然。

一个秘书熬到“工”字出了“头”，往下，就是“干”字，他们到了下面，仿佛就是“大干部”一样，狐假虎威，发号施令，颐指气使，往往比大领导、大干部更做派，这是一种值得警惕的现象。中央强调“打大老虎”，我建议，也要打“老虎身上的虱子”，不要让“虱子”迅速转移和蛰伏到别的“老虎”身上，时不时出来“叮咬”百姓，败坏风气。

上述出面接待本是受上级领导指派安排，否则我真不愿意出席这样的饭局。别说厅级干部，就算是再大级别的官员，其人品恶劣，丑行尽现，我一样视为恶心倒胃口的饭局。后将此事向某领导汇报“此次接待情况”时，我为共产党内尚有这样的官员而伤心、痛惜、落泪……晚上睡觉前一想，又觉得似乎不当、不值，“劣质”官员不止他这一个，“丑行”老乡也不止他这一人，他并没有直接侮辱我、讥讽我，只是对众人傲倨、无礼，我这样澄明通透、率直纯净，似乎对混沌的人性尚未看清，说明我不够成熟、宽容、大度、睿智……惭愧袭来，泪水又一次模糊我的双眼，为一次不值的流泪而流泪。

用别人的错误惩罚自己，并非矫情，乃属正确的错误；如果明哲保身，见怪不怪，任谁飞扬跋扈、损贬众人人格尊严，看似息事宁人，实则助纣为虐，纵容别人自毙，乃属错误的正确。

中国古往今来就有“媳妇熬成婆”的警言，提醒人们不要在受害后反成施害者，以那种心态继续制造新的不和谐、不幸福的家庭氛围。但是当今的婆媳关系依然是家庭第一矛盾焦点，这能怨谁呢？！怪儿子不懂周旋？怪婆婆糊涂？怪媳妇任性、不谙人事？！似乎都不能击中要害。既然无解，我就在后面加上一句：“媳妇熬成婆，更与媳不和”，作为言重之句，再一次警示各位婆媳学会换位思考、和睦相处，不要为难了儿子、丈夫。

2016年春节回家乡湖北麻城，整个假期近一个月，这是二十几年来第一次“两节”（春节、元宵节）一起在家乡度过，也是近十年来第一个“思想休眠月”。没有思考的闲暇、没有动笔的冲动、没有联想的雅兴，一切按乡村公序良俗方式过年过节，倒也悠哉乐哉似神仙。

城市的“年味”淡了，乡村的“年味”也淡了。原因在于几千年来中国人过年积淀下来的主要是以解决“吃”的问题为主，而如今“吃”的问题在国富民强的大背景下，不是问题，有时反而是一种“负担”和“累赘”，“年味”淡而化之，也就自然而然了。因此不必感叹，也无须紧张，更不要借题发挥、自寻烦恼。

乡村过年的民俗民情是一面镜子，可以照印人心。年味虽淡了一些，但总体还是祥和、热闹、喜气洋洋的。人们相互走动、串门拜年的形式是有的，但内容走样变形了：放下礼物走人的现象很普遍，甚至连过年祝福的话语都没有，更谈不上坐下来拉拉家常，叙叙亲情、友情，人人行色匆匆，匆匆赶往下一家……拜年成了简单的礼物互换和走过场形式。少了深层次的沟通，少了更细微的问候，少了温暖目光的交流，少了更熨帖的人心互动，少了推杯换盏的调侃与快意……让人留下种种遗憾。

亲友过年见面和拜年时不寒暄、不沟通是一种可怕的漠视病症，长此下去，心灵的隔膜越来越深，亲情感会越来越淡。大家在微信圈、QQ网络上与陌生人打得热火朝天，生活中却不屑或懒得与现实的人沟通互动，这是一种精神的走失、情感的疏离，是一种难堪的病态。

在今天，物质上的富有催生一些人精神的堕落和思想的迷离，以至衍化出为对亲情漠不关心、对爱情随时背叛、对友情随意伤害的各种不近人伦的举止。最终摧毁的不仅是社会道德和人伦温情，还有堕落者、迷离者本人的未来。

有人牵挂的路程不遥远，有人思念的日子不孤单，有人关怀的岁月不漫长，有人叮咛的世界不混浊。这就是亲情的力量、前行的动能。

在精神守望中团聚，在亲情汇聚下团圆畅谈，这是许多人无论多远、无论花费多少都要回家过年的理由。家在，节就在；家不在，节也不在了，这也是许多人不愿意感怀的事实。

春节里最深沉的呼唤是回家，过年最宏大的交响是团圆。团圆才是最浓的年味，温润着世代中国人的精神家园和情感世界。

2015年回家过年，给年迈的父母添置了两个暖炉：一个电炉，一个柴炉。电炉无烟，可以干净无尘的取暖；柴炉有几用，既可做饭烧水，又可以制造“温室效应”，满屋暖和，满足了老人多年的夙愿，他们再也不用在瑟瑟寒风中、漫天大雪下靠零星炭火取暖了。小小举动，让老人暖在身上，甜在心里，自己心中也荡漾着幸福和喜悦。

不是原先没有想到，也不是吝啬金钱不愿去做，只是想在屋后另外购买一块地建一间土坯房，解决老人上述取暖问题。殊不知，地块久拖不决，一误再误。然而，思路一变天地宽，因地制宜，不担心新建的房子被烟熏得四面漆黑，什么问题也就迎刃而解了，虽暖在老人身上，但孝心却体现在自己的行动中，值得！

二十几天的春节长假，我在老家忙忙碌碌，一晃而过。有人说，春节回老家过，一是太累，二是无趣，三是无聊。我觉得说这话的人个人有问题，不是春节有问题。依我的体验感觉，既不累也有趣还不无聊，关键你怎样认识世俗民情和把握自己的内心与行动。以我的实践体悟，在春节里这家走走，那家串串，碰到孤寡老人献献爱心，捧上红包；碰到有文化的长者、少年，赠送自己的出版物；看到小孩、儿童，馈赠一只小毛公仔、小利是；与亲友围炉而坐，一锅羊肉，几杯暖酒，聊得兴起，喝到微醺……幸福与快乐自在心间悄悄弥漫和洋溢，这是多么惬意的时光啊！哪来的累？哪来的无趣？！哪来的无聊？！

还有人回到故乡发出“只有农村没有乡村，只有哀愁没有乡愁”的感叹，其实，这颇有“为赋新词强说愁”的意味。农村是有很多不如城市、不尽人意的地方，但不能一叶遮目，被乡“愁”遮眼。农村的淳朴民风民俗、自然清新的空气以及家的文化、乡的情结、礼的传承、人间的

做　局　　　赵晓苏 漫画

情味、美食的滋味、年俗的风味，都是我们追根寻根、期盼回去的向往理由。人生因拥有这些经历而多彩，怎能一个“愁”字就掩盖回家的全部意义和芳华呢？！

“有钱没钱，回家过年”，这是广大游子普遍的心声。团圆不仅仅是一次团聚，更是心灵的抚慰、精神的回归、灵魂的洗礼、传统文化的积累。借由“回家”，可以清扫身上浮躁的人心，找回丢失、迷失的追求和“精神密码”；感恩天地的馈赠、父母的养育；感恩祖国的强大与昌盛，国泰民安，福祉多多！

年味对于有些人来说，有浓淡之分。这很正常。有人认为三十年前的年味浓许多，现在淡许多。其实，浓与淡都是相对的、辨证的。三十年前的年味浓，体现出的是生活的某种艰难程度和无奈；今天的淡，洋溢着、映衬着国人生活富足之后的幸福感。物质丰富了，平时每天都在“过年中”，真正到了过年自然就淡化了。一浓一淡，折射出时代大背景下中国的沧桑巨变，这是激发乡土中国前行的一股力量。

一顿年饭，是中国一年中最隆重、最奢侈的、形式最为讲究的一次饭局。它既是家庭成员精神世界的一次盛宴，也是逝去祖先与当下的子孙同席共飨的一次聚首。在这个庄严的饭局中，完成了若干代人之间的精神脉动和血脉传承仪式，是形式与内容完美契合的一场欢娱。

大年初一、初二下午因无事，我和儿子及一帮在外工作的乡亲在村里新建的篮球场进行了一场体育比赛。欢乐的节日里挥洒着青春的汗水，矫健的身影展现的是一种积极向上的精神状态和饱满热情；平日寂静的小山村，到处跳跃着激情与活力凸现的“年味”元素。这种场景，以前是没有的。

现代农村，物质条件好多了，家家户户不缺吃少穿了。但令人忧虑的是，不仅人情淡薄了，而且环境变差了。随处可见各种垃圾，无人清理，无人填埋，村民们甚至大部分往河里一扔，任凭“上游去污染下游”的事情发生。最后垃圾全部顺水淌进了长江，进入了渤海。长年累月的循环倾倒垃圾，乡村也成了污染环境的“元凶”和“源头”。

我曾向麻城市委书纪杨遥写信建言，在大别山农村中广建垃圾池，指定专人定期清理，固定地点填埋，关注农村普遍富裕后的生态环境。杨书记说建言很好。之后，我仔细观察，有些地方乐见各级政府有所行动和积极主导，有的地方依然是垃圾遍地都是，如此垃圾围山、垃圾围村、垃圾围镇，用不了多少年，农村“旧貌换新颜”只怕又会回到“脏、乱、差”老路上去了！

农村的水土污染也是令人触目惊心的。农作物、蔬菜、山上果树植被皆以喷撒高浓度的农药为主，以减少人工打理、除草、培植的时间，结果山川、大地、植被概被药物覆盖，飞禽走兽少了不说，河里鱼虾几乎绝迹。尤为严重是，经药物长期“浸润”的农作物、蔬菜、瓜果、油料反过来戕害人类，人们却见怪不怪，似乎引颈待戮，毫无所谓。难怪农村里各种绝症层出不穷，实际上是自我造孽、咎由自取的。这是我最为忧虑的地方，又用不了多少年，许多农村将出现鸡犬不闻的“空心村”“死村”，这实在是太可怕了！

中国人的根都在乡村，乡村的“根”没有了，全体中国人的故乡情结会寄寓在哪！？灵魂与精神归宿地会安放在何方？！我的乡愁变成了“愁乡”，真正发自内心的忧愁与哀愁、纠结与揪心！谁来帮我化解和消除呢！

人心的变化与环境的变化是当今农村最大的两种变

化。人心崇德向善的虽不少，但大部分人已异化成冷漠、淡薄、无情、势利之人。一些人“有利益就交往、有需求就热情、有利用价值就主动贴近、有施恩就来往走动”的想法与做法比比皆是，司空见惯，普遍存在。说白点，一些人物质富有了，精神却挂“倒挡”了，灵魂沦落在后头，与身体掉队一大截……这是一种很可怕的“逆袭”变化，也是造成人心不怙、世风日下的根本原因。

经常做同样一个噩梦：某人悭吝、性格古怪、私心与疑心、贪婪心特重，且妒贤嫉能，无人理他。我高风亮节，不会因此落井下石。但在梦里经常梦见他要害我，阴阳怪气，歇斯底里、不达到目的不罢休的样子，令人惊恐，以至惊醒……正所谓：“人无吃虎意，虎有吃人心”啊！

我行事坦荡，做人光明磊落，绝无坑蒙拐骗和损人利己之举，不怕小人造谣中伤和背后“捅刀子”，也不屑去与这样的人产生交集。但是，树欲静而风不止，小人屡败屡战，你又当如何？！提防是有必要的，绝不能让“一粒老鼠屎，坏了自己人生的一锅粥”啊！

知恩、感恩、报恩，是人的一种修养，是做人的美德和本色。对那些在危难时、关键处、重要事帮助过自己的人，应时时寻找机会予以回报才是。现实中，这样的人逐渐少了，甚至还出现了不少过河拆桥、上楼撤梯、釜底抽薪、落井下石、恩将仇报等类似于农夫悯蛇的经典案例，实在是令人寒心！

台湾星云大师说："被人利用也是一种价值展现。"我觉得，此话说对了一半。因为被人利用要看情形和价值趋向而定。被善良人和贫困者利用，有助于社会稳定、家庭和谐和个人事业成功，皆是有价值的"利用"；被不良人或坏人利用，破坏了社会秩序和公序良俗，改变了淳朴的民风民德，伤害了大多数人的感情和利益，这实则是盲动，有"助纣为虐"的嫌疑，是不道德的"利人"行为。

"被人利用"虽然是一种被动的"施恩"行为，不以当事人的意志和主旨为转移。但间接地能够利人利物，只要不被别有用心的人和坏人利用，还是非常有意义的。

我自己也曾"被人利用"过多次，幸好没有撞上居心不良的利用者，否则于心不安。很多时候，我还被同一个人一而再再而三的"利用"，心里虽五味杂陈，但还是像星云大师一样佯装不知，自己吃亏，被别人利用占到便宜，正可以广结善缘、广积人脉关系啊！

这个月是世界“读书月”，倡导全球阅读、全民阅读。我认为，阅读能够汲取精神养料，提高审美观和审美情趣，清扫低俗气味，充实心灵。尤其阅读历史书籍，与圣贤进行心灵对话，能增进生命的厚度，亦能令人生之根扎得更深，面对浮华世象而善养定力与心神。到月底一算，我这个月业余时间共读了五本书，他们分别是美国罗宾·贝克所著《精子战争》、中国作家柯云路所著《情人》、中国作家天涯蓝药师（网络名）所著《香格里拉的灵魂》、中国作家李古寅所著《美丽与哀愁：窦漪房》《智慧与传奇：孝庄皇后》。每一本书读后都有不同的启悟和感想。

据统计数据表明：以色列人均每年阅读纸质书64本，而中国人每年人均只有5本。数量差别之大，令人咋舌。阅读的多少决定一个人素质的高低。时下，很多中国人到国外旅游乱丢乱吐、大声喧哗，很不受欢迎和待见，原因就在此。看来，仅有钱是不够的，还要有与之相匹配的素质与文明，这才能受人尊重和欢迎啊！

苏东坡（苏轼）从杭州被贬到我家乡黄州做官时，

写了这样一句话："惟江上之清风，与山间之明月，耳得之而为声，目遇之而成色，取之无禁，用之不竭"，令人难忘。字里行间透露着他的清正操守和气度胸怀。在当下，如果每一个人都能以此自励或者哪怕是自嘲的话，其心境想必会更加通达和乐观。这些也是"观照"的效应和好处。

昨晚在睡梦中有一奇思妙想，早晨起床后清晰记得：在快节奏和快餐文化盛行和主导的今天，反其道而行之，开着拖拉机去旅行，不失为一种优雅的生活方式和对快节奏的反对与对抗，更不失为一种真正的情趣与乐趣所在。"快"是对美好生活的一种误读和裹挟，"慢"才是舒适生活的真正本义和底色。

想象一下，一家大小开着拖拉机旅行是如何惬意和风光；坐飞机、高铁去旅行，转眼即到，少了漫长的等待与甜蜜的渴望和期盼；开着汽车去旅行，高速路上，车流滚滚，险象环生，又极不环保；再说舟车劳顿，身不由己，到了目的地，身体早已散架，没了心思看风景；骑自行车去旅行，方便是方便，简单是简单，环保是环保，可负载有限，里程受限、受天气限制更多……而开拖拉机旅行则不同：走的是国道、乡间小路，看到动人的景致、迷人的地方，想停就停，想走就走，想玩就玩。不像汽车走高速，前不着村，后不着店，对良辰美景无奈又无暇；又不像骑自行车的旅行者，骑了一天车，累得半死，只求赶快到达目的地，美美睡上一觉，沿途美景见而不赏，入眼不入心。

开着拖拉机去旅行，我的想法是：利用农闲季节，邀三五个是拖拉机手的好友，开着东方红拖拉机，载着一家大小，带足生活用品和帐篷、床上用品，悠然出行；如遇雨天，全家挤进驾驶舱，如遇天晴，则全家坐在后斗板上，360℃看风景；走到哪里，天黑了，燃起篝火，烧菜做饭，在车斗板上架起帐篷，席板而眠，数星星、看月亮、听蛙声、抓蟋蟀、捉萤火虫……这该是一种怎样的体验与感受，绝不是豪华宾馆和城市石屎森林所能比拟和拥有的。孩子的童年想象力可能由此升腾飞跃，大人们的苦闷与烦恼可能在此全部卸下和抛置。

开着拖拉机去旅行，拖拉机可以达到许多汽车到达不了的高山之巅，绚丽的景色必将为你呈现，一览众山小的感觉油然而生；拖拉机还可以到达许多汽车开不过去的沟壑与深涧，最原始的溯溪与探险情趣肯定会让汽车司机眼红心妒。这就是拖拉机旅行的妙处和优势。

我要是旅行社经营者，就购买几台拖拉机，放在郊区，让喜欢慢节奏的人们用这种方式对抗快节奏的生活，既助人减压又成人之美，还有利可图，三全其美，何乐不为？！

简单是一种状态，也是一种势态，更是一种财富，要想生活过得充实、滋润、幸福，那就要过得简单；越简单，越知道充实的乐趣妙处；越简单，越知道滋润的韵味悠长；越简单，越知道幸福并不漫长和不需要耐心等待、复杂设计。

一个人的视角与口角看似无关联，实则关联挺大。视角起偏差，接着就会发生口角之争。口角起，视角就会形成更大的偏见，以致戾气、怨气、仇气俱长，最后造成人情与友谊尽皆破裂。

要想在人际交往中，无口角之纷争，那么视角就要宽泛，一个角度看不准，换成多个角度再细看，这样才能对人对事有一个全面的、公允的看法，从而避免误解和口角发生。

我在2016年做的最大善事：一件是在大别山老家山区

中建造农家书屋，为贫困山村儿童和百姓奉上精神食粮，传输知识的力量和改变人生的能量；二件是自费为山里农民化验水质，改善饮水条件，让乡亲们吃上放心水，增强体质，改变生活质量，降低或减少各种疾病发生的概率。

书香飘散，点拨灵魂，照亮山村。上千册各类图书通过几种途径（征集、购买、捐赠）而来，这些爱心人士的善举资助，必能丰富山里儿童的课余生活，带来阅读乐趣。小小书屋，必能成为他们了解世界、放飞梦想的心灵牧场。

两件善事，一个是精神上精准扶贫，一个是物质上细微补漏。看似简单，但行动起来，并非一蹴而就，需要绵绵用力，久久为功。但愿乡亲们能够享受到我这种善举努力所带来的福祉。

尾记：

阳光不会弯曲

此书文稿断断续续写了几年，时间跨度长，虽然选材杂碎饾饤，形式散简固定，但内容还算丰富饱满，几乎涉猎和涵括了一个人漫长人生的所有思想理念和语言行动方方面面；通过自己思想过滤和打磨，去糙取精，去伪存真，去虚呈实，存留下来的基本上是精粹和纯净澄明的见解见识和肺腑之言。我认为，这也可以算作是我个人在人生路上的低吟浅唱吧！或许还代表一部分人在时下大背景中的“集体无意识”的“呻吟与呐喊”吧！

说来也巧，在本书即将完稿的时候，我的仕途也出现“卡带”“卡壳”的现象；我本无心当官，只想做一个职业管理者或者文化传道者，没想到时势弄人，被人赏识举荐、考察后但又迟迟不见下文，弄得人心神不定。见贤思齐，量己才而思用，都是很正常的追求上进的心理，但被时下一些恶俗的东西所侵染、所左右，以致矛盾、疑窦、愤懑丛生。我不想用世俗的方法去争取“官品”，偏偏世俗的恶习照进现实，让人更加愤世嫉俗，忿愤难平。有朋友劝我“放下书生意气”，意思是“屈中乞取”，我担心赢得了“官品”，输了“人品”，将来后悔。还有一个潜在内因，因为我在本书中诸篇片段中已立言明志：阳光不会弯曲，不会向世俗低头。如果“弯曲”了，岂不是言行脱节、人格分离？！岂不与若干年来孜孜以求的“精神清爽”与“灵魂腾空”的为人做事理念背道而驰？！所以宁肯“阳光”被“乌云”遮蔽，也绝不想以“拐弯”的方式透出微弱的光或大放光芒，这是做人的底线，是我心底里发出的最真实声音。所以在最“黑暗”的日子里，我依然轻轻地吟唱着生命里豪迈的歌、正气的歌、修行的歌、启悟的歌，没有埋天怨地，怼怨人生。

在我浅吟低唱的时候，本以为无人喝彩和鼓掌，没想到，却与很多朋友产生共鸣和交集。他（她）们有的还纷纷慷慨解囊，资助出书；有的补充观点，纠正偏执偏激之语，使内容更加充实和缤纷。在这里，我要衷心的感谢他（她）们。特别值得一提的是，中航工业宝胜科技创新股份有限公司湖北销售总经理肖增祥先生，帮了大忙，他承揽了大部分的出版费用，补充了自己许多人生宝贵的成功箴言。他本身是一个销售专家、优秀企业家，他的事迹和故事也可以写成一本书。他的支持和帮助，为本书增色添彩不少。还有海军离休老干部、我的老师季阳林先生，亲自校稿，指出不足，提出修改意见；广东著名漫画家赵晓苏先生提供了许多针砭时弊的精美漫画插图，江苏兴一建设有限公司华南办事处主任张爱华先生、广州四方传媒股份有限公司总经理肖灵霞女士也给予了帮助，在此，一并表示衷心感谢啊！

人生总是在有喜有忧、有苦有乐、有是有非、有爱有恨中度过；无论喜也好，忧也好，苦也好，乐也罢，阳光总会照进现实，生命自当茁壮成长或加持挺拔，放射出自己的光芒，活出自己的“精、气、神”。这应该是每一个人既欣慰自豪又值得宽慰满足的地方。

感谢有您一路陪伴！感谢读者一路同行！祈愿大家珍重生命、安闲生存、畅享生活。

杨德振

二〇一七年十一月十五日于广州

联系方式：775013887@qq.com

新浪博客：http://blog.sina.com.cn/u/531729942（阳光振奋）

微　　信：13609023475（阳光）